싱크로나이즈드 스위밍

송희지
2002년 서울에서 태어났다.
2019년 『시인동네』를 통해 등단했다.
시집 『싱크로나이즈드 스위밍』을 썼다.

파란시선 0123 싱크로나이즈드 스위밍

1판 1쇄 펴낸날 2023년 3월 20일
지은이 송희지
디자인 최선영
인쇄인 (주)두경 정지오
펴낸이 채상우
펴낸곳 (주)함께하는출판그룹파란
등록번호 제2015-000068호
등록일자 2015년 9월 15일
주소 (10387) 경기도 고양시 일산서구 중앙로 1455 대우시티프라자 B1 202-1호
전화 031-919-4288
팩스 031-919-4287
모바일팩스 0504-441-3439
이메일 bookparan2015@hanmail.net

ⓒ송희지, 2023, printed in Seoul, Korea

ISBN 979-11-91897-51-7 03810

값 12,000원

싱크로나이즈드 스위밍

송희지 시집

시인의 말

일 교시.
나는 나에 대해 발표해야 했다.

앞, 둥글고 무수한 불꽃들.

천장으로부터 떨어지는
빛의 태도는
나를 쉽게 악한으로 만들고.

펄떡펄떡
생동하는 양의 뿔처럼

투명하고 거대한
나의 발.

없다거나
너무 많이 가졌다는

진술은 위험하다.

말하면,

돌아오지 않는다.

차례

제1부

멈블링

노수부는 검은 물속으로 그물을 던졌다. 건져 올릴 때 세차게 펄떡이는 비늘들이 딸려 오지 않음에도 그 일을 반복했다.

널따란 호수였다.
눈먼 벌레들이 제 뼈를 깎아 내고 있었다.

배후에서 무언가 침잠하는 소리가 들려오곤 했다. 검은 물 위로 겹겹 원을 그리며 빠르게 호수의 끝과 끝에 도달하였다.

노수부는 젖은 손으로 빈 그물을 끌어올렸다.

멈추지 않았다.

몰딩

놀이터에는 아무도 없고 소년만이 모래밭에서 성을 짓고 있다. 정글짐의 골격 틈으로 한여름 노을 줄줄 흐른다. 주상복합아파트의 불 밝았다가 어두워졌다가 한다. 찰박찰박 땅의 분골을. 퍼 담고 모양내며

만지는 손

어둠 속에서 나
책들을 헤아리고 있었다
무척추동물의 혼을 만지는 미끈함

오래된 이야기였지
다 지난 일이지

아끼던 책을 찾으려
손끝의 감각에 집중할 때
지문 속으로 밀려오는 비늘들 겹겹

무구한 고요

놀이터에는 아무도 없고 나만이 소년 모형을 바라보고 있다. 그에게 성 안에서 벌어질 일들을 모두 들려줄 생각이었어. 아름답고 얼룩진 투쟁사를. 사장(沙場)을 걷다 어느 순간 나 잠겼고 흰 거품들이 유령처럼 내 구멍을 오가고 있었다. 발가락을 세자 모두 열 개였다.

애쉬 폴

쥐들이 내 몸을 천천히 파먹는다. 축일 케이크처럼 사랑 고백 편지처럼 아껴 먹고 있다. 색색 두꺼운 외투 입은 너희들이. 담배를 꼬나문 채로 나 밟고 지나간다. 진창이 튄다. 수면에 굽이굽이 찢어진 표정 생긴다. 너희들은 시장 골목에 모여 놀기로 약속했지. 살점들 끊임없이 구워지고 튀겨지고 삶아지는 이곳에서. 「내가 살아남은 영(靈)이라 다행이다」 너희가 말하고. 발광했다가 금세 잃어버리는 네온사인들. 너희들은 방향을 갖고 나아가고 있다. 내겐 낯도 발도 없으므로, 내가 너희를 바라보는 방식이란 오직 닿는 것뿐이야. 희고 둥그런 눈이. 하나둘 내리던 것들이 이내 쏟아지기 시작한다. 캄캄한 책자를 넘긴다. 너희들은 몸을 털며 뛰어간다. 머리끝부터 서서히 달라붙고 있다.

몰팅

체육 시간이 끝나고 남자애들은 교실로 돌아왔지. 바다에서 걸어 나온 생물처럼 축축한 옷을 벗어 던졌네. 하지였어. 커튼 새로 들어온 빛의 활촉이 줄줄이 애들을 뚫고 있었어. 피 냄새를 맡았어. 왁자지껄 고여 드는 물이 있었고 소리가 있었고 그건 출렁이는 나의 안쪽과의 공명이었어. 흰머리 선생이 막대자를 휘적이며 들어와 「이놈 어둠의 자식들」 「부패하는 냄새 진동을 한다」 호통을 쳤지. 나는 거기에 있었어. 창문이 열리자 날아갈 것 같았어.

가족회의

「왜 나여야만 했을까」라는 의제로부터 시작되었다. 입
장이 지나치게 다양했으므로 서기로 쓸 흰 돌들을 무수히
준비해야 했다.

스트레칭을 하세요. 몸을 기울여·숙여·굽혀 최대한 늘
여 보세요. 그러다 팔다리 몇 짝을. 있는 줄 몰랐던 기관들
을 알게 되기도 한다. 한 발짝 물러서서 찢는 나를 목도하
세요. 심호흡 심호흡 얼굴을 찌푸려

입이라는 걸 만들어 보세요. 그 안에 탁한 찌개 떠 넣어
보세요. 이 찌개는 어디로부터 가져온 것인가. 이 찌개는
누구의 알 살점 내장으로 끓인 것인가. 찌개에 얽힌 또 다
른 가족을. 가족의 가족들을 상상해 보세요. 내 옆에 앞에
나앉은 너희들의 얼굴을 바라보세요.

꼭 닮았습니까.
층층 암벽을 쌓듯 같은 질문을 반복합니까.

연속된 동세를 모사하는 크로키,
대대손손, 이 유전을

두려워하세요. 의자에 몸 가까이 붙여 보면 서늘한 금속의 감촉 닿습니까. 기다랗고 매끈하여 금방이라도 훅, 하고 탄환 뱉을 것 같습니까. 각자의 뒤통수에 겨눠진 이 총이

발포하기를 기대하며. 우리는 호호 한솥밥을 나눠 먹었다. 「이해한다」 지껄이지 않기. 「가 가 같은 피가 돈다」 응석하지 않기. 흰 돌이 흰 돌을 향해 끊임없이 굴러가고 있었다. 나는 나 외에 무엇도 믿지 않았다.

플루이드

목에 매인 줄을 천천히 만져 보았다. 반짝거리고 금속처럼 불온하여 검은 새들이 물고 날아가기 좋았다.

얼어붙은 숲이었다. 병목 같은 어둠이었다. 밟히는 건 쉽게 깨지는 과자 조각들. 그를 따라 나 멀리멀리 걸었다. 몸을 떼어 등 너머로 던졌다. 그러자 아주 오래 묵은 재처럼

흩어지는

타들어 가는 자작나무 냄새.
누구의 이빨에 뜯기는 살점의 향.

「있어」 하면 있을 것 같다.
나의 발이 가려운 건 너무 많이 만져진 탓이다.

손을 떠올리면, 수맥처럼 뻗어 가는 이 손이
무언가 더듬고 쥘 수 있다면……

나는 가장 먼저 나의 입안을 만질 것이다.

불꽃이 얼음의 안쪽에서 끓고 있었다.

줄줄줄

한낮이면 나 볕이 잘 드는 카페 창가에 앉아 시간을 보냈다. 인간과 기계가 줄지어 소란히 오가고 있었지. 흰빛을 받은 목덜미 찬란하였다. 흰 발톱 오래도록 기다리고 있었다.

서브머징

그해 여름,
나는 오다이오 만(灣)의 한 자치령에 거주했다.
흰 물살을 그리는 화가가 살다 죽은 섬이었다.

뚝뚝, 나 붉은 오렌지를 벗겨 내고 있어. 발밑에 수북이
쌓이고 있어. 방 안에는 바다가 보이는 붙박이창 하나와
목재 탁자 하나. 이따금 모국의 언어로 지직거리는 늙은
라디오 하나 있어. 멀리서 만종이 울리면 나 벽에 기대어
앉아 곧이어 쏟아질 검댕을 기다렸어.

저것은 배,
흰 등불을 달고
질겅질겅 어둠 속을 가로지르고 있어.
빛나는 부표를 수놓고 있어.

저것은 새,
무리 지어 이동하고 있어.
개중에는 물속에 잠겨
다시는 올라오지 않는 것도 있었어.

저것은 개,
누군가의 뼈다귀를 물고 가며,

푹푹 떨구며
그것을 뜯고 깁기 위해 골몰하는 어둠.

이것은 내
희고 낡은 창호지.
그 위에 긴긴 편지 써 내리며

나는 있어. 발밑에 수북이 고이고 있어. 편지들 가죽끈
으로 세 번 묶은 뒤 공병에 넣어 머얼리 던질 계획을 세
웠어. 당신의 폐 깊숙이 가닿아 번지면 좋겠다고 여겼어.
  그것 밤새워 다 읽은 당신이. 이 섬에 와서. 내 주소에
이르러서. 모든 게 내 잘못이었어 그렇게까지 할 생각 없
었어 읊조린다면. 나 당신을 잘게 저며 내 키만 한 붙박
이창 너머로 뿌리고 싶었어. 다시 배우라고 세차게 짖고
싶었어.

이곳에는 자꾸만 사라지는 것 있고
자꾸만 생겨나는 것도 있지.

역 없이 휘도는 빛조차 이곳에선 섬이었어.

오래전에 쓰다 만 편지를 줍고 싶어. 손 뻗으면 잡히는 건 오렌지였고 그것을 짜 마시면 단맛이 났어. 눈을 뜨면 모든 사물들이 제자리에 선 채 미동하지 않았어. 횃대처럼 앉아 있으면 다 알아 버린 기분이었어.

드라이에이징

어느 오후에
붙박이창이 달린 거실에 앉아
나는 내게 말을 가르친 것을 후회하였다.

날마다 길어지는 관상목 하나

속이 빈 수조 하나

빛이 방 안의 모든 것을 불태우고 있다—
먼 곳이 새들을 빨아들이고 있다—

나는 쓰고 있다.
그건 사실이 아닌데,
나는 전소되어 가는 이웃집의 부엌과 무관한데

아름답다, 말하면 아름다워질 것 같아.

천장에서 뚝뚝, 떨어지는 잎사귀들

바닥을 뒤덮은 줄기들

살아가는 것이다

말라붙는 것이다

내 마음이 옳은 것들을 정치했는가.
그럴 수 없는가.

어느 오후에
붙박이창이 달린 거실에 앉아
나는 내게 말을 가르친 것을 후회하였다.

가정

배 나온 아저씨가 배 나온 아저씨를 사랑한다. 세계가 자꾸만 넓어진다. 아침마다 인간의 현관엔 죽은 새 놓여 있고 현관의 인간 그것을 줍는다.

묻거나 먹는다.

배 나온 아저씨들의 현관에도 죽은 새는 놓여 있고 그들 그것 줍고 나누어 가진다. 다락방의 새끼줄에 줄줄 매달아 놓고 절을 올린다.

그들의 신이다.

계시 은총 하지 않고
잠든 이 귀에 한 소절 노래
속삭여 주지 않는 그것이

볕에 흔들리고 있다

찬찬히

배 나온 아저씨가 배 나온 아저씨를 사랑한다. 다락방에 올라가 보면 가끔 창문이 있고 그 속 걸어 들어가면 다른 가옥의 창문이 있다.

뛰어드는 소년들

———몸아,
너를 호명하는 것으로 이 세계는 시작된다.

I

뿌옇다.
귀신의 손이다.
흩어졌다가 흩어지지 않았다가 하는 풍경이다.
소극장의 앞막이다.

덜렁거리며 뛴다. 알몸의 소년들이다.
욕탕의 내부는 오래도록 말하지 않은 사람의 입안처럼
축축하다. 상한 우유와 모조 과일의 향 풍긴다. 미끄덩한
발목들이 물을 향해 흐르고 있다. 고인 침처럼 즐거운 비
명 뒤를 따른다.

이곳의 법이다.
쉽게 지워지는 것은.
처음부터 없었던 듯, 욕구일 뿐이었다는 듯.
허공에 걸려 나풀거리는 천들은

작거나 큰

적거나 많은

모양들을 감추는 데에 용이하였고

첨벙첨벙, 소년들 뜨거운 물속 찢어발기며 놀고 있다. 멀어졌다 가까워졌다 하고 있다. 수프 젓는 국자처럼 부러진 빛처럼 휘돌고 있다.

넘쳐흐른 물들은 내 부피의 증언이지. 그 속 깊게 몸을 묻고 말아 보고는. 누가 더 오래 잠길 수 있는지 내기해 보는 것이다. 태어나지 않을 것처럼 유희해 보는 것이다.

한 소년

오래도록 내부에 있다. 아래로 아래로 헤엄쳐 들어가며. 물의 정문을 몇 겹이고 벗겨 내며.

오오 나의 세계는 적막하고 따뜻합니다. 손으로 밀어 보면 책자를 넘기는 감촉입니다. 투명하고 묵직한 양파를 까듯 끝없습니다. 나지막이 읊조려 보는

휘슬

퍼져 나가는 둥근 뼈

뭉근한 고요를 무너뜨리며. 소년들 계속해서 뛰어들고
있다.
탕으로 막 안으로. 하하호호 흠뻑 젖은 얼굴로.

얘들아, 우리의 발이 자꾸만
나를 질질 이끌고 있다. 집어 던지고 있다.

굴라쉬(guláš)처럼 우리도 쥘 수 있을까.
뜨겁고 묵직한 가능을,

부르짖으며

사방으로 튀기는 파편들;
자꾸만 가려졌다 드러났다 하는 것이 있고

시작되려는 듯
끝나는 듯하는 이

긴긴 동작들,

Ⅱ

그것은 죽음을 말함으로써 삶을 증명하는 사전이다.
마틴이 내게 건네고 간 것이다.

나의 서재는 좁고 반듯하고 대리석 위에서 천천히 죽어
가는 쇼콜라의 향내 풍긴다. 색깔·높이·부피·갈래별로
정리된 건축물들 아름답다. 그중 한 권을 **빼** 가거나 찢고
태워도 무너지지 않는. 이 도시의 성질을 나는 사랑했고

마틴 그의 책은 이백오십일 번째 서가 한구석에 위치
한다. 더듬으면, 말랑하고 가칠가칠거리는 표지. 시궁쥐
와 녹은 눈의 냄새. 책 쥐고 어디로든 달렸던 듯. 그 속 한
장 한 장 쌓여 온 오랜 사용감. 읽는 이의 지문. 이방의 먼
지 같은 것들을.
팔락팔락, 나는 종종 읽곤 했는데.

그것은 볕과 어둠을 켜켜이 쌓아 묶은 달력이다.
그걸 주운 건 박물관의 모조 전장에서였다.

열 뼘짜리 탁상 위에 놓인 포성과 불길. 뒹구는 뼈다귀.
사탕처럼 내려앉는 집집들. 그 플라스틱 재현들 속을 거
닐다 나 손에 넣었지. 자리에 서서 오래도록 바라보았다.
그건 고이고 흐르고 증발하는 물의 이야기. 먹고 먹히
는 삶들에 관한 이야기. 온몸에 폭탄을 휘감은 채 적진의
복판으로 달려야 했던 소년들의 이야기,

견고하다.
쥐어도 흐르거나 휘발되지 않는 물성이다.

광택을 내는 돌처럼
손을 마주 안는 손처럼.

서재의 천장은 투명하고 이따금 뚝뚝 흰빛을 퍼뜨린다.
물결무늬를 그리며 책들 젖는다. 책장들이 직조한 그늘에
앉아 나는 읽는다. 마틴을. 하심이나 샘. 비앙카라고도 부
를 수 있는 그 사전을. 줄줄 외우며. 겹겹이 입고 벗으며

나는 다만 있다.
위치하는 것이다.

함부로 무너져 내리지 않는 이 궤짝 속에서
빼곡히 정렬된 눈들의 복판에서

오오 안간힘을 다해서,

Ⅲ

입고 있었다. 역할에 알맞은.

팔다리 기장이 적당하고
거동과 생활에 불편을 주지 아니하는,

드레스룸에 웅크려 부르던 노래는 자꾸 혀끝을 이탈하
곤 했지. 부모가 너는 그런 걸 입을 수 없다고 했다. 찢어
진 거울들을 모아다 성을 지었다. 손안으로 유예된 빛이
실금을 그었다.

길가에서 부서져 내리는 새들을 많이 보았지. 나의 곁에다 시를 적고는 감추고 다니곤 했다. 방과 후엔 봄비처럼 쏟아지는 클래스메이트들의 발길질에 젖었다. 호모 새끼 호모 새끼 메기고 받는 노래는 아름다웠고

금빛 소변 점성이 있는 우유 채송화 화단 사월의 볕과 뼈
구멍처럼 나 가만히 기다리고 있었지,
나를 투과하는 것들이 많았고.

그럴 때마다 무성히 돋치는 바늘들을
감각이라고 불러도 좋을까,
덤불을 파헤쳐 보면 발견되는 것이 있었다.

창문이다.
밀고 가리고 여닫을 수 있다.
설탕사탕처럼 연약한 경도(硬度)다.

그 속 투명한 보도로

걸어 들어가 보면. 그곳에는 백 개의 창문이 원을 그리며 놓여 있고. 창문을 재현하는 창문. 창문을 복습하는 창문. 그곳에서 나 뭐든지 열고 닫을 수 있다. 자꾸만 자꾸만 나갈 수 있다.

  밤마다 새 옷을 짓는 부모야. 오오호모패갓똥꼬충새끼 다정한 나의 클래스메이트들아. 찢을수록 분명해지는 형태가 있지. 만방으로 전개된 이 창들을 보아라,

                          외치다 보면

  들을 수 있게 된다.
  그건 기계새의 미세한 태엽 소리,
  사막을 가로지르는 열차의 경적
  먼 타국의 선원들이 부는 뿔고둥 소리,

  진원을 향해 손을 뻗으면
  더듬고 쓸어내리다 보면

  웅웅, 작고 투박한 심장이,

36

Ⅳ

뛰고 있다.
발굽이다.
네 개의 다리다.
가느다란 섬유 가닥들이 모여 지은 기관이다.

연한 풀의 질감이다. 그들의 연속이다. 끝이 보이지 않
는 초원이다. 그 위를 짓밟고 있는 발. 디디고 도약하는 발.
나는 발의 것이다. 발의 부름에 따라 결정되는 방향이다.
씹고 삼킬 수 있다. 이 벌판 위의 모든 구역을. 한입 가
득 풀을 넣고 우물거리거나 둥근 돌을 혀 위에 얹고 굴릴
수 있다. 몸의 긴긴 통로 배울 수 있다.

이따금 발을 달래며

푸르고 풍성한 초원에. 은빛 반짝이는 호수 앞에 멈추
어. 풀을 물을 뜯다가 나는 알게 된다. 너 곁에 있었구나.
나와 똑같이 생겼구나. 너들이 아주 많구나. 너와 나를 무
리라고 부를 수 있겠구나.

우리는 모두 발의 종. 마알갛게 울려 퍼지는 소리들. 발은 끊임없이 우리를 앞으로 가져다 놓고는. 멈추는 법을. 제자리뛰기하는 법을 가르친다. 그이는 끊임없이 달아나고 멀어지고. 우리에게 쫓는 법을. 얻는 법을 가르친다.

뛰고 있다.
집단이다.
아, 하고 벌리면 몰아치는 숨처럼 있다.
바람을 꺾어 만든 굴곡이다.

찾으며 짖으며
우리는. 떠돌아다니다

한순간. 뒤돌아보면 어쩐지. 너의 수는 전보다 조금 줄어 있는 듯하고. 쇠 비린내 코끝을 감돌고. 눈을 감았다 뜨자 나는 잘린 네 목들의 군락을 지나고 있었다. 울컥울컥 벌건 물 발끝으로 받아 마시고 있었다.
포식자다. 휘날리는 갈기와 발톱들이다. 잽싸게 달려들어 너와 나의 목덜미 물어뜯는다. 안쪽의 안쪽까지 뻗어가려 하는 찬 손들이. 하얗게 하얗게 눈앞을 지우고 있고 처음 눈을 뜨던 순간부터였어.
맨낯을 물던 빛.

축축하고 수줍은 얼굴로
그이가 건넸던 인사.

너들아, 밀랍처럼 굳어 가는 동공들아.
보았지, 우리는 비로소 감각했지.

물 밖으로 던져진 아가미인 듯
사냥감을 찾아 떠돌듯

너와 나의 몸을 벗어나
펄떡펄떡, 나무 그늘의 배후로 저를 감추는 발,

뛰 뛰 뛰고 있는, 그치지 않는,

굽은 역사를,

V

닫혀 있습니까.
견고한 붕대입니까.
벌려 보면 즙 많은 과일처럼 시큼합니까.
여름의 화원처럼 가득합니까.

벽장입니까.
책장입니다.
흰 종이에서 아는 이들의 이름을 찾을 수 있는
물속입니까.
물 밖입니다.
풀들이 발에 밟히고
유리로 된 하늘이 빛을 모으고 있습니다.
깨뜨릴 수 있습니까.
빵, 하고, 오로지 나의 자국으로,
비틀린 음정으로,
말할 수 있습니까.
할 수 있겠습니까.

몰아쉬며, 꼿꼿이 서서,
자꾸만 여기를 만들고
여기의 퀭한 콩무니를 뒤집어쓰는
나는 돌출입니까,
흑점처럼 우아합니까.

닫혀 있습니까.
열 수 있습니다.
매만지고, 핥고, 버둥거리는 몸짓으로
느껴 보면 그것은 무른 껍질이고.
골목마다 밟히는 죽은 잎처럼 바삭합니까.

　　　　　나오면

비로소 있습니까.

젖은 눈꺼풀을 일으켜 보세요.

펼쳐집니까.

싱크로나이즈드 스위밍

나는 ……야생목

……끓어 가는 다크 초콜릿

……녹음된 양식이다.

손, 하면 손,

머리, 하면 머리,

뼈, 하면 뼈,

멈춰, 하면 멈춰;

나는 걷고 있었다.

따뜻하고 적당히 습한 나의 손에 이끌려

희고 검은 벽돌 위를 오갔다.

늘 길을 잃어버리던 수해(樹海)였어,

폐, 하면 폐,

무릎, 하면 무릎,

눈, 하면 눈,

없어, 하면 있어;

나는 무언가 말하려 하는 듯하다.

나는 나의 밖으로 꺼내려 하고, 그것을 잘게 펴 손 위에

올려 두려 한다. 내게 보여 주려는 듯하다.

　내가 받아들면, 나 그것을 아주 소중한 것이라 여기며
　오래도록 방목하라고, 좋은 것을 먹여 기르라고 이를
듯하다.

　나는 손을 놓고, 그러자 바람이 생기고
　공기가 나의 모양으로 둥글어졌다.

　초면인 내가, 쥔 채로,
　뒤따라 서 있고

　늘어서서

　악장이 넘어가곤 했다. 시간에 따른 수순이었고 모든
음계가 예정되지 않은 듯 엇나가 아름다웠다.

제2부

멈블링

타치바나 나오토는 이천이 년 유월, 시부야(しぶや)구에서 집안의 맏아들로 태어났다. 그의 부친이 운영하는 과자점은 남향에 풍창이 넓어, 낮이면 희고 반짝이는 천들이 반들반들 구워진 빵 위로 얹어지곤 했다.

***

타치바나 나오토가 과자점을 물려받은 건 스물다섯 살 때였다. 날마다 부풀어 오르는 희멀건 반죽들 사이에서 그의 선은 두툼해졌다. 그즈음 사귄 그의 애인은 쿠마(くま) 같은 남자로 말씨가 투박했으나 사려 깊은 이였다. 그들은 사 년 뒤 결혼했다. 세부로 여행을 다녀왔고 이듬해 고양이 두 마리를 입양해 길렀다.

***

타치바나 나오토는 생각하곤 했다.
세계가 하나의 과자라면,
우리가 달군 팬 위의 설탕이라면.

우리는

졸아드는 것일까?
타들어 가는 것일까?

***

타치바나 나오토는 일흔두 살에 숨을 거두었다. 화창
한 여름날 정오의 일이다. 장례식은 맏딸의 주관 아래 치
러졌으며 그의 뼈는 백자에 담겨 납골당 가장자리에 안
치되었다.

어느 누구의 모든 철수*

신촌역 6번 출구에서 그들은 최초로
마주쳤네. 그들 주머니 속에는 각각
잔액이 부족합니다 버스카드와 절반이 녹은 캔디
들어 있었고. 그들은 주로 쓰는 손이 다르다는 공통점과
주로 쓰는 손이 다르다는 차이점이 있었네.

철수1과 철수2는 마주 보고 있다 서로의 철수를 탐색
하는 중이다
너의 길고 각지고 때때로 폭력적인 철수는
나의 철수에 끼워 맞추기에 얼마나 적합한가

철수1 부모는 죽은 다음 날 나를 낳았습니다 모르는 손
들에게 길러진 아이는 얼마나 빠르게 고백하는 법을 배웁
니까 어릴 때부터 디저트에 관한 패티시 있었습니다 마롱
몽블랑 흘러내리는 크림 브륄레 본디지 패션의 크로캉부
슈 녹아내리는 시간들로부터 혀는 전속력으로 달아납니
다 제자리뛰기하며 튼튼해집니다 입속 캔디의 하중을 견
디며 캐비닛은 넓어집니다 끈적끈적한 혀가 내 키보다 커
지고 어때, 죽은 부모를 좀 닮았습니까

---

*서윤후 시집 『어느 누구의 모든 동생』에서 변용.

철수2 토끼 머리를 가진 애인은 일주일 전 죽었습니다 그가 생전에 사랑했던 당근이 방 안에 차곡차곡 쌓여 있고, 죽은 애인은 온종일 당근 주위에서 뜀박질하네요 애인의 가슴속에서 녹색 털들 휘적휘적 튀어나옵니다 사랑했던 사람들은 모두 죽은 사람, 귀신과 함께 보내는 밸런타인데이에 관해 들어 본 적 있습니까? 짓무르는 당근에 관해 들어 본 적 있습니까? 사랑했던 사람은 모두 죽을 사람, 우리는 타인 주제에 밤일을 좀 잘합니다 자꾸만 입속에서 파란 거품 흐릅니까*

거리의 불빛이 환하다 그늘이 발생한다 그런 순간에
철수는 철수를 이해한다 오지선다의 방식으로

철수는 철수에게 철수를 끼워 넣고
철수는 딱 맞거나
맞지 않고

불빛은 밤보다 오래 산다 조금 어두워졌을 뿐 하늘은 여

---

*우리말에서 'BLUE(파랑)'와 'GREEN(초록)'의 두 가지 색은 모두 '푸르다'라는 말로 쓰인다.

전히 성경처럼 파란빛을 띠고 있고

배고픈 사람들이
귀를 세운다 두리번거린다
사방에서 번쩍거리는
녹색 발

더 이상 불빛은
하늘과 사람을 분간하지 못하고

영원한 가오리

금요일의 클럽 라운지 카페
관조적 봄눈
로맨틱 흙탕물

에쿠니 가오리를 사랑하는
청동 인간들은
작은 탁자 하나 둘러싸고
손에는 반짝반짝 빛나는* 마음 들고
낭독회를 기다리고 있었습니다

무대 위로 날아오를
한 마리의 가오리를

***

영원한 가오리를 찾고 있습니다 밀봉하거나
포르말린 방부 처리하거나 에코백 찍찍이에 붙여 놓고
메사추세츠 하이킹 떠나도

---

*에쿠니 가오리, 『반짝반짝 빛나는』.

균일을 잃지 않을 견고함

　　그러니까 연애를 구성하는 건,
　　커플이 아니라 배경이잖아요?

언젠가

　혼자서 박물관에 간 적 있습니다 역사 속의 한 장면 되
어 보세요 옛 의복 코스프레 체험하기 동방의 오색 스탬프
모으기 한겨레의 정신 느끼기
　흐르는 전시관을 거꾸로 거슬러 오르다
　최초의 도구를 발견했습니다 어리숙하고 뾰족한 하나의
주먹도끼를,

　　지난날의 노량진 기억해, 우리는 식탁 앞에서 눈
　맞췄지
　　겹쳐졌지 비린 물 냄새 맡으며 영종도 꽃놀이 얘
　기하며
　　가오리핏 커플티 맞춰 입고
　　가오리 회 가운데 두고

한가득 우리는
쌍둥이 같았지

사월에는 꽃이 지고 꽃이 핍니다
박물관 공원에는 분수대 하나 관상목 하나 미끄럼틀 하
나 배치되어 있습니다
여기에서 저기로 달려가는 소년과 소년을
맨발을 보았습니다 뒤섞이는 맨발 거리를 유지하는 맨발
짓밟는 맨발과
짓밟는 맨발

흰 꽃 피네 붉은 꽃 지네
붉은 꽃 피네 흰 꽃 지네

꽃은 기억되네 원탁처럼
꽃은 기억되네 알파고처럼

가시는 걸음 놓인 그 꽃
사뿐히 즈려밟고
맨발의 소년 한 바퀴 뱅뱅

옷자락 펄럭이며
달려간다네

회전문으로
박물관으로

뒤편으로

***

둥그런 바닐라 아이스크림
일렁이는 투 샷 에스프레소
일상적 아포가토

미츠무라 가오리를 사랑하는
청동 인간들은
작은 탁자 하나 둘러싸고
손에는 하나의 손 간신히 들고
단독 공연을 기다리고 있었습니다

무대 위로 날아오를
가오리를 한 마리의

인—간을

여기

나는 대한민국 서울에서 출생했고 호모섹슈얼 남성이다.
다음의 텍스트는 이 전제로부터 시작되었다.

I

여기를 만난 것은 눈이 우수수 쏟아져 내리던 어느 겨
울이었다. 편의점으로 걸어가던 중이었고 바깥의 추위를
견디기 위해 최소한의 옷을 걸친 채였다. 까아암바아악
까아암바아악 고장 난 가로등 아래에서 나 웅크린 여기
를 보았다. 그의 비늘은 눈발로부터 물려받은 빛을 뚝뚝
떨어뜨렸고 그 빛들이 웅덩이처럼 나의 낯을 희뿌옇게 비
추고 있었다.

「나의 집에 갈래?
물과 불이 있고 공간도 제법 넉넉해.」
그를 데려가지 않을 이유는 없었으므로. 나는 그에게
굽은 손을 건넸고

여기는 게걸스럽게 그것을 받아먹었다.
나는 그것이 여기가 「좋아」라고 말하는 방식임을 알았다.

낡은 살점들이 후드득 발밑으로 떨어졌고

붉은 물이 붉은 물을 밀어내며 하염없이 운동하던 자정이었다.

Ⅱ

　　나의 첫 애인은 김현권(金賢綣) 씨로 증권회사에 재직 중인 바이섹슈얼 남성이었다. 처음 만났을 때 그는 스물아홉이었고 나는 스무 살이었다. 그는 남자와 여자를 각각 두 번씩 사귄 전력이 있었고 때때로 그것은 나를 불안하게 만들었다. FPS* 마니아인 그를 따라 도시의 오락실을 전전하는 동안 나는 얼굴이 반쯤 녹은 크리처의 대가리 조준하는 법을, 발포하는 법을 배웠다. 부서지는 크리처의 몸뚱이로부터, 일그러지는 표정으로부터, 튀기는 붉은·검은·푸른 핏물로부터 무관해지는 법을 익혔다.
　　최초의 이별을 기억해. 때는 한여름이었고 나는 애인의 원룸에서 드로즈 한 장만을 입은 채 이별사를 들었다. 터덜터덜 신음하며 돌아가던 선풍기를 기억해. 돌아오는 길에 잡화점에 들러 유리로 된 물그릇을 두 개 샀다. 현관으

---

*First Person Shooter. 일인칭 슈팅 게임.

58

로 들어서자 동굴 같은 여기의 아가리가 놓여 있었고 그 속으로 걸어가자 모든 사물이 검은 죽처럼 되었다.

여기는 모든 집으로부터 벗어나고 싶어 했다.
상자도 어항도 소용없었다. 사육장을 무너뜨렸고 버드케이지의 견골들을 구부러뜨렸다.
「차라리 나를 죽여」 내가 외칠 때까지 온 공간에 분노를 싸질렀다.
배(拜)를 올리듯 주저앉으면 그제야 내 앞에 내려 앉아 깔깔깔 비웃었다.

바쳐라, 혼을, 얼룩덜룩 더럽고 우아한 몸들을 내 긴 목 속에 넣어 다오.
바닥에 엎질러진 채로 나 종종 여기의 노래를 듣곤 했다.

그 후 사귄 애인 전인재(錢仁宰) 씨는 서울 변두리에 조그마한 일식집을 차린 요리사로 타마고야끼처럼 부풀어 오른 뺨과 배를 가지고 있었다. 종로에서 가볍게 술을 마신 뒤 벌건 얼굴로 청계천 산책로를 거니는 것이 우리의 일과였지. 물고기를, 교량 밑 비둘기 떼를, 지나가는 인간들을 보며, 모두 처음 보았다는 듯, 뻗으면 닿는다는 듯 휘적휘적 허공에 손을 쥐었다 펴곤 했다.

춤이었어. 춤이었지. 이불 속에 파묻혀 나 창가에 앉은 그의 배 위로 빛이 곡선 그리며 떨어지는 것 보았다. 모래 둔덕을 걷는 그의 얼굴이 붉게 검게 물드는 것 보았다. 숨이었어. 숨이었지. 불규칙한 간격으로 흔들리는, 커졌다가 작아지는, 헐떡헐떡, 거칠어졌다가 이내 정적의 매끈한 면을 닮아 가는, 불꽃이었지. 그의 생일, 어둠 속에서 몇 개의 초에 의지해 손뼉 치고 가창했던 걸 기억해. 순간 우리는 누구에게도 알려지지 않은 종족 같았고, 수백 겹 주술로 쌓인 고성(古城) 같았고,

「나의 집에 갈래?

네게 다 보여 주고 싶어.」

나는 문득 말해 버리고 말았네.

그날을 기억해. 애인의 두꺼운 손을 맞잡고 나의 현관으로 들어설 때.

웅웅 작동하던 기계들. 물비늘 그리며 고여 드는 정적과

「조금 춥네」 외투를 여미던 애인이 나를 돌아본 순간,

달려들던 여기를, 무수한 이빨들이 애인의 머리를 뜯어 버리는 장면을,

멈춰, 외치기 전에 내 얼굴에 쏟아지던 애인의 핏물을 기억해.

바쳐라, 혼을, 얼룩덜룩 더럽고 우아한 몸들을 내 긴 목 속에 넣어 다오.

여기는 뜯고 헤쳤지. 여기는 풀풀 흩날렸지. 여기의 게걸스러운 노래가 벽지 속 파고들어 물결무늬 파문을 그려 내는 동안

엉엉엉, 나는 불타는 집처럼 울었네. 조각난 애인의 장들 쓸어 모으며. 흥건한 핏물 위에서 양손 휘적이며.

부서진 내 영혼*, 부서진 내 영혼.

밤새도록 자장가만 흥얼거렸다.

---

*송창식, 「사랑이야」.

전나무 숲

굴러라, 나는 숲의 복판에 있다. 눈이 쌓여 가고 있었고 나는 알몸인 채로 눈의 서늘한 음성을 견디고 있었다. *굴러라*, 손에는 한 개의 굴렁쇠와 한 개의 채 쥐어져 있다. 굴렁쇠는 비틀비틀 제자리에서 돌고 있고 나 채 쥔 손을 놓지 않으려 안간힘을 쓰고 있다. *굴러라 제발 굴러*, 나는 숲으로 더 깊이 들어가고 싶다. 저 무성한 칼날들 속으로 뛰어들어 그곳의 주민이 되고 싶다. *굴러 씨발 구르라니까*, 빨개진 내가 고래고래 비명 지를 때, 멀리서 들리는 총성. 날아오르는 갈까마귀 떼. 가늘어지지 않는 눈발. 나로부터 자전하는 굴렁쇠.

눈을 뜨자 나는 돌고 있었다. 빙글빙글. 나의 몸은 철사처럼 얇고 한가운데 구멍이 뻥 뚫려 빛과 바람이 드나들기에 용이하였다. 검은 피가 눈밭을 물들이고 있었다. 나는 숲의 복판에 있고 거대한 이 숲으로부터 끝없이 무관하였다.

슈가크래프트 예식장

나는 건강한 하객이다. 채도가 낮은 옷을 입고 환호 뱉을 수 있는 입을 가져 이 식의 주역들을 반겨 주기에 알맞다. 설탕으로 반죽된 신랑 신부 반들반들 손 흔들고 있다. 「결혼은 언제 할 거니?」 묻는 부모 떠올리면서. 엄마 내가 두 번 죽었다 태어나도 이 나라에선 못해, 중얼거리며

나는 돌고 있었다. 굴러라, 이것은 나의 목소리가 아니다. 과장되게 환한 조명의 빛이 나를 꿰뚫고 있다. 굴러라, 나는 이 목소리를 들은 적 있다. 나는 이 총성을 들은 적 있다. 오락실에서. 볕 잘 드는 청계천에서. 늦은 밤 홀로 식은 국을 퍼먹던 방 안에서. 귀에 번지던 이 노래를. 따라 부르다 보면

여기가 빤히 나를 바라보고 있다. 긴긴 총부리 겨누는 사냥꾼의 눈으로. 동정도 이해도 아니하겠다는 얼굴로. 굴러라 제발 굴러, 예식장이 활활 불타오르고 있었다. 코를 찌르는 캐러멜의 풍미. 나는 토박이처럼 앉아 있었지. 여기의 어깨에 기대어. 쥔 손처럼 따뜻하고 축축한 그곳에 겹치어

불, 돌, 불, 돌, 불

다음으로 재판장에 오를 이 누구인가. 나는 선고하고 있었다. 포승줄에 줄줄이 묶여 오는 인간들 앞에서. 이중 누군가는 요술사고 부정하고 불에 돌에 휩싸여 회개하게 될 것이다. 화르륵, 나는 줄에 꿰인 백이십 번째 인간으로, 선고하는 나의 아가리를 멍하니 응시하고 있었다. 쿵쿵, 나는 지난밤 끌려간 나의 애인으로, 돌아오지 않을 나를 위해 맑은 죽을 졸이고 있었다. 화르륵, 나는 화전민이 질러 놓은 산불이었고, 성벽 가장자리에 배치된 벽돌이었고, 쿵쿵, 나는 나의 무덤을 이루는 반석 중 하나로, 천년만년 희고 단단한 나의 유해를 붙들고 있었다. 화르륵, 나는 신이 훔쳐다 건넨 태초의 불씨로, 신의 품속에서 인류의 전경을 내려다보며 아름답다, 아름답다고 홍앵앵 울었다.

쿵쿵, 나는 돌고 있었다. 나는 바다 깊이 침잠하는 한 줌의 티끌이었다.

정중한 별똥별로서; 지면에 충돌하고 행성의 축을 뒤튼 후 떨어져 나간 손발이었다.

64

가라앉다 보면……
불을 돌을 벗으며 잠겨 들어가다 보면.

차고 어둡다……
말이라는 걸 한 번쯤 해 보고 싶어지고.

그러자 나는 깜박깜박 상 흔들리는 골목의 구석에 있었
다. 눈이 쌓이고 있었고 나는 맨몸인 채로 밤의 질척한 시
간을 견디고 있었다. 손에는 무엇도 쥐어져 있지 않고 나
는 거대한 이 골목으로부터 한없이 무용하였다. 나를 향
해 뻗어 오는 하나의 손 있었다.

IV

만남을 거듭했다. 박준웅 씨나 임원곤 씨나 권현우 씨
따위와. 몇 번은 그들의 집에 갔다 살아서 나왔고 몇 번은
그들을 집으로 들여 여기의 배를 불렸다.

군대를 다녀왔다. 검은 총을. 뱀장어처럼 꾸물거리는

그것을 날마다 안고 있었다. *바쳐라 바쳐라* 관물대 속에서 여기는 자꾸만 짖었고. 바짝 민 머리가 따가워 보초처럼 자주 울었다. 내 방에 사람이 너무 많았다.

어느 날엔가

여기에 이끌려 산책을 나간 적 있다. 관상초가 듬성듬성 심어진 근린공원이었고 거닐고 마시고 노래하는 온가지 이웃들이 가닥가닥 흰 볕에 꿰이고 있었다.

양지바른 곳에 앉아, 여기는 나의 부숭부숭한 머리를 쓸어 넘겼다. 제 무릎에 편히 드러눕도록 했다. 내 몸을 지나치게 조이지 않도록 하네스를 조정했다. 충분히 젖은 혀로 구석구석 핥아 주었다.

몸에 몸을 맞대고, 나는

치열하다, 빛의 단면은 생물의 것과 같아 보여.
모든 풍경에 입이 있다는 믿음은
그 너머의 통로를 떠올린 것일까,

그런 생각과

66

「너는 언제나 나를 죽여 버리고 싶어 하지」 내가 말했고 여기는 느릿느릿 고개를 끄덕였다.

나는 그것이 여기가 「사랑해」라고 말하는 방식임을 알았다.

뚱뚱한 꽃나무 가지가 흰 잎을 흩날리고 있었고 그중 하나 잡아채 보면 손안에 있는 건 향뿐이기도, 찬물이기도 했다. 아작아작, 이따금 바람이 우리의 발끝을 깎아내리면 「자연하다」 중얼거렸지. 구부러진 자세로 서로를 끌어안고 있었다. 기대하는 손님처럼 정숙히.

거미인간(Humano Araña)

「불의의 사고였습니다」

추락을 동반한 비행기 나란히 동승한 거미와 인간
영혼 비상하고 난분분하고 하나로 섞여 탄생 거미인간
고장 난 풍경 배회하고 질척한 것을 먹고
털북숭이 뿔을 감추고

「여름, 우리는 볕의 벽장에 살았습니다 창문이 네 개나
달린 별장이었어요 한낮, 팔팔 끓인 수프 부유하는 산 것
죽은 것 그릇을 다 비우곤 수영장에 함께 몸을 은닉했습
니다 빛이 번지는 표지 보글보글 숨결이 위로, 위로 떠올
랐어요」

빨강파랑초록노랑하양 거미인간
나 예뻐 가위 쌍칼 개구리 혀 휘두르고
개 견 자를 쓰세요 포마드 포마드 연호하세요
높은 곳으로 달아나 느긋하게 내려다보세요
덩그러니 남겨진 한 마리 거미인간을

「부유하는 산 것 죽은 것 물속에서는 사람들이 생각하

68

는 것을 들을 수 있어요*」

「호흡을 멈추니 왜성 같습니까 자전 공전 궤도도 없이 흩날립니까 먼 곳에서 몇 개의 우리 부풀어 오릅니다 원시 생물 수프 형성됩니다 펑펑 파문 번집니다 지우면 지워지는 얼룩 같습니까 검은 과일에 들끓는 생물 같습니까」

「말하며, 너와 나는 다 보았다 우리의 행위 따라 해 보았다 충돌하고 쏟아져 내리고 키— 키— 키스, 그러나 파편만 무수히 떨어져 나가서」

하지 밝은 밤 희미해진 공포
무관한 거미인간 얼간이 같은 거미인간
어디로 자취를 감췄나 반투명 알들을 숨겼나
가담항설처럼 여덟 개 홑눈처럼
끈적끈적 검은 실 바닥에 내려앉으면

우주거미는……
사라진 행성 기록 보관소를 향해……
로켓 다리를……**

---

*마누엘 푸익, 『거미여인의 키스(El Beso de la Mujer Araña)』.
**김현의 「지구」 문장의 일부를 잘라 가져왔다.

「그리하여 얼마나 다행입니까」
「죽을 수도 죽일 수도 없어서, 이 별장은」

「남몰래 키스하기에 얼마나 안성맞춤입니까」
「우리의 최소이기에 얼마나 편리합니까」

「불의의 시간이었습니다」

「양지, 말라 가는 털북숭이들 너와 나는 제철 과일 나눠
들고 바닥에 끈끈 과즙 늘어뜨리고 멀찍이 앉아 수면 위를
부유하는 우리 지켜보았다 출렁출렁 빛 번짐」
「아아 불쌍한 상상 기계들* 불한당 상상 천재들 질질
흘려가며 한없이 관조하며 키— 키— 키키, 이런 세계란」

「거미인간이라서 다행이야」
「거미인간이라서 다행이군」

---

*1997년 발표된 김혜순의 시집 제목을 변용하였다

「열여섯 개 갈고리손아귀 뒤엉켜 공간 같고; 배경을 포
식하며 내리는 검은 실 우리가 느릿느릿 물결을 미는 소
리」

「너의 홑눈 나의 홑눈 본다 빨강파랑초록노랑하양 지
우면」

「지워질 것같이」

「☼」

하얀 신랑

보았네.
보았어.

밤새 창가를 떠다녔다네.

금줄에 신랑을 묶어 달았네. 미풍 산들거릴 때마다 금
종처럼 소리를 냈지. 부랑자들이 바친 젯밥 국 떠 마셨네.
줄줄 늦은 낮 우데기 처마 깎는 빗물은. 온종일 굶주린 신
랑의 원성일까.

분명해.
분명하네.

활활 청록빛 휘날렸다네.

젖은 빛들을 말리고 있네. 그것을 넓게 펴 바르면 신랑이
되고.
쇠끈에 신랑을 엮어 만든 책. 청구야담(靑邱野談) 사형수
들의 명부. 신랑이란 본래 요괴 죄인을 태울 때 쌓는 장
작. 강령하는 옷. 살갗처럼 언어처럼. 그들 묘비에 걸려 나

부끼는 천.

늦은 밤 사랑방 밝고 늙은 낭독회. 역귀 아귀 몽달 악귀 모여서 신랑을 읽네. 불티 흘리는 입술. 진흙 풍기는 음성. 이 구절은 인상적이네. 이 구절은 자네 낯짝처럼 괴괴하네. 그렇군. 이것은 우리의 이름만을 나열한 책이 아닌가.

있었네.
있었다네.

휠휠 화재처럼
미궁 숲처럼 검은 숨처럼
깊숙이

신랑 하세 신랑을 하세 │ 돌돌 말아 불을 붙이고 후후 희끄무리 공간 만드세 │
신랑 하세 신랑을 하세 │ 나부끼는 수족 풀이하는 춤 무수한 혼백 비산 뒤엉켜 뒹굴어 아이 좋아 아이 좋아라 반짝 백 개의 눈 발견 │
신랑 하세 신랑을 하세 │ 시르르르르르르르 시르렁 실근 시르렁* │

신랑 하세 신랑을 하세 | 시루떡 먹고 숭늉 먹고 향불 아래 튀기는 과육 즙 미끈미끈 원념 온 골에 펴 바르며 받아 마시며 오호라 달다, 달다 말하는 개떼들 |

그곳에
그곳에

노래인가?

나룻배네.

그렇군. 다 함께 힘차게 숨죽여 부르세.

정오 |

금종 울음
줄의 안쪽
활활 훨훨

---

*『흥부가』중「박타령」, 진양조장단-휘모리장단.

어서 오세요 빈집…… |

삼 리 밖 아낙네 물 긷는 소리
투호하는 어르신들
하세 하세
신발 감추는 꼬마들…… |

●

뻥

—

잃었으므로 얻었습니다.
구멍이라고도 검은 알이라고도 부를 수 있겠습니까.

뻥

사선으로 걷어차 봅니다.

굴러갑니까.
굴러갑니까.

난쟁이에 대해 말해 보겠습니다. 그는 귀가 길고 눈두덩 축 늘어졌으며 세공에 일가견이 있어 손톱만 한 잔들로 여기 방의 한 면을 다 채워 주었다.

그와 이 사탕을 나누어 먹는다. 사이좋게 혀를 섞는다. 혀로 건네고 혀로 받는다. 아름다운 냄새가 난다.

이번 주말은 그와 함께 보냈다. 여기 방에서. 빛 잘 들고 지붕들 훤히 내려다보이는 창가에서. 임대인에게 일정량의 대가를 지불하고 얻은 이 공간에서.

—

뻥. 사탕이 자꾸 자랐습니다. 발밑에 발 속에 무성했습니다.

이따금 파삭파삭 표면 흔들렸습니다.

○

　　　　　　　　　　　　　　　아직도 있어?
　　　　　　　　　　　　　　　아직도 있어.

—

　　　　　　　　　　　　　　　여기에?
　　　　　　　　　　　　　　　여기가.

　이야기가 발목을 걷는다. 이야기가 몸을 만다. 이야기
가 세전드딤세 하고 스텀핑 한다. 전신주를 모사하고 죽은
쥐들을 모사하고 잠수교 밑으로 흘러내린 빗방울들의 무
수(舞袖)를 모사한다. 저것이 이야기의 춤이구나. 이야기
를 모신 것은 나였다. 나와 난쟁이는 거실에 둘러앉아 이
야기의 동세를 구경하고 있었다.

　끝났다.
　끝났구나.
　끝났어.

　이야기가 고개 숙여 인사했다. 이야기는 이야기의 수레
를 타고 사라졌다. 한참을 가만히 있다 내가 말했다. 춤을
추자 난쟁아. 이번엔 우리의 차례야. 그리하였다. 보름달
이 떠 있었고 그 아래 우리는 몸 흔들었다, 각기 다른 박
자에 맞추어 날뛰어 댔다. 쿵쿵쿵. 발 속에서 구슬들 굴

—

78

러다니고 멀어지고 부딪치고 있었다. 청명한 소리가 났다. 깨지는 소리가 났다. 깨지는 소리가 났다. 깨지는 소리가 났다.

◈

하나. 팔은 얇게 저며 수비드로 조리하세요. 손은 수분
감이 풍부해 빨아 마시기 알맞습니다. 왼손에 대한 포식을
오른손이 모르게 하세요. 홀 그레인 머스타드와 그레이비
소스 곁들여 드세요.

둘. 허벅다리는 길게 잘라 로스팅하세요. 페이스트리
반죽을 덧붙여 바삭하게 구워도 좋습니다. 장(臟)류를 튀
겨 곁들이면 식감이 즐겁습니다. 누린내 제거를 위해 여
러 종의 허브를 올려 내는 것 필수입니다.

셋. 어디 있습니까.
찾고 있습니다.
찾고 있습니까.

넷. 내장은 무쇠 웍에 한꺼번에 볶아 내기 추천합니다.
고환은 약불에서 가볍게 익히세요. 두 번씩만 뒤집고 조린
음경과 같이 담아내면 훌륭한 드라이 샴페인의 안주입니
다. 혀끝은 은은하게 달아 설탕과 함께 끓이면 좋습니다.
혀끝 콩포트를 발라 낸 케이크로 생일 축하 어떻습니까?

다섯. 팝니다: 아기 신발, 사용한 적 없음.[*]

아름다움: 팬(pan)과 오븐, 은닉한 적 없음.

여섯. 골목은 좁고 어둡고 오렌지색 벽돌로 지은 집집들 빼곡하며 이리로 이곳으로 호객하는 상인들로 가득합니까. 언젠가 그곳을 지나거든. 그러다 세계에 관해 묻는 애를 만나거든. 빙그레 웃어 주세요. 몸 열고 보여 주세요.

일곱. 누런 이빨 딱딱딱. 그 안 가득 딱딱딱.

---

[*]For sale: baby shoes, never worn.—Ernest Hemingway.

철수와 나

이천이십이년 칠월 오일이었다.

날 맑은 정오였다. 신촌역에서 칠백 미터가량 떨어진 골목에 위치한 커피숍에서 나는 그와 만났다. 그는 전보다 조금 더 살이 빠진 듯했고, 두 뺨이 간지(間紙)처럼 창백해 보였다.

나는 그에게 곧 있으면 책이 나온다는 소식을 전했다. 임화당의 얼그레이 까눌레를 드디어 먹어 봤다는 얘기도. 볕 잘 드는 창가에 들여놓은 나의 반려 몬스테라가 얼마나 길어지고 있는지도.

그는 몇 해 전 봄 모 문예지에 실린 나의 등단작에 관한 이야기를 해 주었다. 읽자마자 알았어, 그것이 내 얘기라는 걸. 우리의 얘기라는 걸. 그럴 수도 있겠지, 나는 아무 말도 덧붙이지 않았고

방금 차를 내려 훈김이 도는 일본식 도기를 들고, 찰칵 사진을 찍었네. 사진 속에서 우리는 수백 겹 영혼을 겹쳐 올린 모양 같고. 깨물면 파삭파삭 달콤할 것 같고.

언제까지 쓸 생각이야? 태울 생각이야? 묻지 않는 네

게 고마워 그날의 찻값은 내가 냈다. 나와 그는 공원을 좀 걸었고 습관처럼 몇 번 손을 잡아 보기도 했다. 그의 손이 물처럼. 빠져 죽은 이의 것처럼 투명한 것을 나는 보았지.

　새의 몸을 한 새가 산책로로 날아들고
　나무의 몸을 한 나무 바람에 흔들리고

　살아가다 문득, 아무 물성도 없는 순간에, 당신을 떠올리는 일이 종종 있게 된다고 나는 말했다. 멈추지 말고 걷자고 그가 말했다.
　만질 수 있다는 점에서 세계는 가장 연약한 신 같아. 하늘이 짙은 색으로 물들어 가는 가운데, 마치, 마치(march)······ 오늘이 끝나면 다시는 마주하지 않을 것처럼 우리는 걸었다.

제3부

폰(Pawn)

우리는 수영을 하기로 했다.

거인의 연못 둘레는 희고 달고 찬 잎이 열리는 낙엽 교목들로 장식되어 있었다. 둑방의 굴 깊숙한 곳에 티피를 설치했다. 베키가 연못 둘레 배회하던 푸른 양 떼 중 두 마리를 골라잡아 왔다. 해체와 손질은 나와 앙헬의 몫이었다. 유마가 보우드릴만으로 불을 피웠다. 그는 축축한 불길 속에 사프란 흑겨자 잘 말린 정향을 던져 넣은 후 손질된 양과 함께 훌륭히 볶아 내었다.

우리는 한 입씩 살점을 뜯고 우물거렸다. 오우옥 뿌리를 달인 물을 나누어 마셨다. 그림자만 한 티피 속에 원을 그리며 누웠다. 천사의 얼굴을 베낀 어둠도 우리의 곁에 있었다. 그는 몹시도 느긋하고 찬란한 손길로 우리의 낯짝을 뜯고는 달아나 버렸다.

우리는 넷이서 잤다.

우리는 여럿이서 했다.

이튿날 우리는 낚시를 하며 시간을 보냈다. 베키는 팔딱거리는 민물고기를 양동이 가득 잡았는데 내 바늘엔 자꾸 누군가의 뼈만 걸렸다. 갈대로 만든 카약을 타고 앙헬과 유마는 연못을 한 바퀴 돌았다. 「푸른 양과 자줏빛 장

87

지뱀과 도도 새와 발광하는 눈을 가진 원인(猿人)들을 보았어」「그중 몇몇은 훌륭한 조립식 인형이더군」 우리는 다함께 낚시한 생선들을 구워 먹었다. 귀 나간 냄비에 라면을 끓였다. 갑자기 어느 스포츠 매거진에서 본 아주 슬프고 무서운 이야기가 생각났다고, 베키가 웃으며 말했다.

우리는 그 이야기를 밤중에 듣기로 했다.

우리는 그 이야기를 밤중에 모두 들었다.

그 이야기는 베키의 말대로 아주 슬프고 무서웠으므로, 우리 중 누구도 쉽게 잠들지 못했다. 천막 안에 모여 벌벌 떨었다. 「수영을 하러 가자」 우리 중 누군가 말했고 「그래, 우리는 그러려고 왔었지」 누군가 대답했다. 새카만 거인의 연못 둘레엔 낙엽 교목들이 발광하는 잎을 떨구고 있었다. 우리는 어깨동무를 한 채로 연못까지 나아갔다.

베키 나 앙헬 유마 순서로 알몸이 되었다.

베키 나 앙헬 유마 순서로 물속에 뛰어들었다.

검은 물살을 가로지르며 나는 접영을, 배영을, 자유형을 했다. 멀리서 베키와 앙헬과 유마 모양의 어둠들이 헤엄치고 있었다. 둥글고 다양한 파형을 만들었다. 「저 바위에 누가 먼저 다다를지 내기할까」 그중 누군가가 외쳤고 첨벙첨벙, 대답도 신호도 없이 누군가가 출발했다. 나 또

한 앞서서 떠난 그들을 뒤따라 한참을 헤엄쳤는데

  머리 위로 무언가 집채만 한 것이

거인의 발이

지나갔다. 쿵, 연못 둘레의 낙엽들 휘날리고 쿵, 연못 중
앙에 해일이 일고 쿵, 밤의 천장이 연못 속으로 떨어져 내
렸다. 세 발짝 만에 연못을 다 건너. 멀어져 가는 거인의
뒤통수를 우리는 다 보았고.「돌아가자」우리 중 누군가 말
했고「그래, 우리는 그러려고 왔었지」누군가 대답했다. 연
못을 배회하는 짐승들이 컹컹 울부짖었다. 동쪽에서 금박
날붙이들이 긴긴 몸뚱이를 일으키고 있었다.

  정오에 맞추어 봉고 트럭은 출발했다. 앙헬은 늙은 기
사처럼 능숙히 차를 몰았다. 유마가 전날 먹고 남은 생선
을 간식으로 돌렸다. 우리는 루스티카 담배를 주고받았고
저속한 농담을 피워 댔다. 나는 문득 목에서 이물감을 느
꼈는데, 빼고 보니 그것은 오토마타를 작동시키는 데에 쓰
이는 녹슨 태엽이었다.

  그날 베키가 돌아오지 않았다는 것을, 우리는 수백 년
이 지난 뒤에야 알게 되었다.

트로이

목마가 오고 있다, 고 케이틀린은 믿는다. 목마는 천사가 아니며 사랑이 아니며 그저 낡은 떡갈나무 뱃가죽 속에 이국의 병사들을 채운 거대한 무엇이고 그것이 소리 내어 내게로 다가오고 있다—수천수만 년 무너지거나 걸음 멈추지 아니하고 제 몸을 꼭 붙들고 있다, 고 케이틀린은 믿고 있다. 그의 믿음은 날마다 납과 주석으로 된 발코니에 맨발로 서서 지평선 너머를 바라본다. 바깥에는 금속처럼 검은 눈들이 가로수를, 가로등을, 건물과 인파를 펄펄 분간 없이 지우고 있다.

목마가 온다면.

언젠가 그에게 물은 적 있다. 얼마만 한 크기였으면 해? 배 속의 병사들은 얼마나 늙어 있었으면 좋겠어? 그것이 네 앞에 당도한다면, 어떤 사건이 반드시 발생할 것이라고 믿어? 케이틀린은 고개를 저었다. 목마는 주신(主神)이 아니며 낮잠이 아니며 그것에 기대를 품는 순간 나는 어떠한 방식으로든 배반당할 수밖에 없다, 고 케이틀린은 말하곤 했다.

나는 케이틀린의 뺨에 돋아나는 여러 다발 관들을 본

90

다. 눈밭을 디딘 그의 발이 굽처럼 굵고 단단해져 가는 것을 본다.

그렇지만 케이틀린. 너도 목마가 무엇을 위해 만들어졌는지 알고 있잖아. 발코니의 너머. 집집마다 불빛. 높고 낮은 지붕들. 이곳은 네가 세운 국가잖아.

목마가 온다면.

어느 늦은 밤, 나는 기나긴 성채의 복도를, 층층 나선계단을 지나 지하의 서고로 내려왔다. 그곳 책장에 꽂혀 있는 수만 권 실록을—아직 망하거나 세워지지 않은 나라의 기록을. 무엇도 쓰이지 않은 공책들을 나는 보았고.

나는 그의 손(手). 어떤 무기든 쥐고 그을 수 있는 작고 가녀린 종이었으므로.

발코니를 떠나지 않는 청회색 그림자 곁으로 말없이 돌아왔다. 다섯 쌍 다리를 펼쳐 그의 낯 껴안았다. 목마가 온다. 목마가 온다. 목마가 온다면. 바깥에는 군졸처럼 거센 눈발이 성당을, 성곽 성채를, 공간 순간을 활활 분간 없이 지우고 있다.

내일이면 덜컹덜컹 태양이 떠오를 것이다—그러다 질 것이다.

생활의 발견

  그런 건 없는데…… 친구는 자꾸만 보러 가자고 했다. 헤드 랜턴 챙기고 돋보기를 챙기고 만약의 상황을 대비하여 사각팬티도 두 개나 챙겼다고 했다. 스무 명이나 사라진 집이야. 이건 진짜야. 동양인학자 게이남사친 이기적 늙은이 섹스광커플 뽀삐 심령현상연구부학생 다큐촬영팀 다 사라졌다니까? 옛날옛날 거기서 마녀사냥 있었고 소년 강에 빠져 죽었고 기밀 인체 실험 있었고 분신사바 찰리 찰리 있었다니까? 그런 건 진짜가 아닌데…… 친구는 광원처럼 눈 반짝거렸고 휘휘 휘발되었고 이 모든 것을 모험이라고 부르자 했다. 친구를 울리는 나쁜 친구가 되고 싶지 않아서 나는. 그래 좋아 알았어.

  뭔데 계획이?

  우리는 붉고 기다란 수풀을 지나쳤고. 개구리 울음소리 들었고. 하늘에서 설익은 밤을 따다가 몇 개는 비상식량으로 챙겼다. 위장을 위해 얼굴에 두둑이 으깨어 발랐다. 이러니까 우리 진짜 같다 그치? 말하다 말고 친구는 엉엉엉 웃었고.

  문이 열려 있었다.

  삐그덕삐그덕 긴 복도였다.

  방이 있었다…… 조명이 흔들흔들거렸다. 친구가 한가

운데에 성수를 놓았다. 방울을 흔들었다. 닭 피를 뿌렸다. 십자가를 휘둘렀다. 흔들의자에 앉았다. 일곱 바퀴만 배회하였다. 수도를 틀었다. 토스트 구워 먹었다. 비데를 이용하였다. 『Why 사춘기와 성』편 꺼내 읽었다. 침대에 모로 누워 두 시간만 잤다.

이제 그만 돌아가지 않을래?

친구는 알았다고 했다. 꿈이 덜 깨어서. 절반만 눈을 뜬 채로.

돌아가는 길. 친구가 갑자기 울음 터뜨렸다. 다 끝장이야. 좆됐어. 펍에서 한 내기에서 나는 내가 실종될 거라는 쪽에 전 재산을 걸었는데…… 하하호호 화목하게 우는 친구의 등을 두드려 주며 나는 그가 몹시도 가여워, 우리가 갔던 곳 사실 내 집이었어 내가 진짜 귀신이었어 고백하지도 못했다.

네스트

다 있으니까
아무거나 꺼내서
먹어. ──

마티예비치는 보호자가 붙박이 냉장고에 붙이고 간 쪽
지를 오후 다섯 시가 되어서야 읽었다. 보호자는 매주 수
요일마다 인간모사대회 연습을 하러 나가 밤늦도록 돌아
오지 않는데 그 사실을 깜박 잊었던 것이다.

마티예비치가 젖먹던 힘을 짜내어 냉장고를 개방했을
때. 내부에 있던 것은 조잡하게 만들어진 종이 관과 그 속
에 담긴 열다섯 구 달걀이 전부였다.

보호자는 한 세기가 지나도록 돌아오지 않았고

마티예비치는 선반에서 녹슨 프라이팬과 기름 한 통을
꺼냈다. 화구에 펑펑 불을 붙였다. 달구어진 팬 위에 떨어
뜨린 알들은 검붉고 윤기 없이 탁했으며

금방이라도 증발할 듯 액성을 띠고 있었다. 제동장치 없
이 달리는 전차처럼 지면을 훑았다. 「보호자가 얼른 나가
뒈져 버렸으면 좋겠다」 「보호자의 축축하고 건강한 장(腸)
들을 상속받고 싶어」 익어 가는 알들을 보며 마티예비치
는 중얼거렸고. 자신의 제작품들을 한입에 털어 넣었다. ──

보호자는 한 영원이 다 죽도록 돌아오지 않았고

마티예비치가 무엇인가 잘못되었다는 것을 깨달은 것은 오전 다섯 시가 지난 뒤의 일이었다. 배 속에서 자꾸만 누가 발길질을 했던 것이다. 삐약삐약 짖었던 것이다. 양칫물 뱉을 때마다 샛누런 가래가 나왔던 것이다.

마티예비치가 단말마 비명 뱉으며 욕조 앞에 다다랐을 때. 그의 목구멍은 방언처럼 어리고 노란 새 떼를 일제히 입 밖으로 분출하기 시작했다.

모든 것이

삐약삐약 쏟아져 내리고 있었다. [광경]이라는 것이 발생했다. 광경은 마티예비치의 동작을 따라 긴긴 척추를 접어 나갔다. 찬 바닥에 웅크렸다. 꺼이꺼이 울어 재꼈다. *삐약삐약 삐약삐약* 방 안은 더없이 창백하고 찬란하였다.

델리케이트

I

하오팅(Haoting) 감독의 공상영화 「쥐의 굴과 백이십 번째 날들」(2002) 속에서는 몸이 풍선처럼 부풀어 오르는 병에 걸린 도시인들이 등장한다. 자신을 보호해 줄 별다른 지붕이 없다면, 감염자들은 반드시 하늘 끝까지 떠올라야 하는 숙명 가진다.

푹, 무엇으로든 찌르면 팡, 터져 버리곤 하는—그들은 조금이라도 가라앉기 위해 다른 풍선 인간들 찾아 헤맨다. 발차기 발차기 유영한다. 「여기 있어?」 「거기 있어?」 주고받는다. 관이 인간을 포용하듯 온몸 다해 끌어안는다.

그리하여 더욱 비대한 부양력이 탄생한다.

종국에 남겨진 단 하나의 풍선은 부풀고 부풀어 올라 태양을 가리고 지구를 대체한다.

II

약 3,500명가량의 구독자를 보유한 유튜브 채널 〈Sebin-intheWoods〉의 주된 콘텐츠는 네 명의 한국인 호모섹슈얼 남성들이 함께 출연하는 브이로그다. 세빈, 현우A, 종완, 현우B로 구성된 이들 크리에이터 크루의 영상은 특유의 감성과 세련된 미적 감각으로 사이버 힙스터들의 소소한 관심을 받아왔다.

〈SebonintheWoods〉의 브이로그에 색(色)이 사라진 것은 채널 개설 후 3년 만의 일이었다. 컬러풀한 영상 편집 방식 고수하던 현우A의 크루 탈퇴가 원인이었다. 크루 내 복잡한 사랑의 그물 처져 있다는 소문 돌았다. 남겨진 이들은—새롭게 올라온 영상 속에서

(흑백) 물장구를 쳤다. (흑백) 물떡과 어묵 한 입씩 돌려 먹었다. (흑백) 80년대 포크송 부르는 버스커의 입 모양 따라 했다. (흑백) 다데기 풀어지는 돼지국밥. (흑백) 화면을 가리는 김. (흑백) 「가라앉는다, 가라앉는다, 가라앉는다」(흑백) 호텔에서 맥주캔 부딪치며 건배사를 외쳤다. (흑백) 「이제 어디로 가야 할까?」_[vlog] 3박 4일 해운대 여행 브이로그! (2021/8/7 업로드)

Ⅲ

98

그웬 스테이시(Gwen Stacy)의 장편소설 『재미래(再未來)』
는 서기 3200년대의 경제 암흑기를 시대적 배경으로 삼고
있다. 머리·가슴·배를 비롯한 온몸을 타 부품으로 교체 가
능한 첨단 시대에 찾아온 유례없는 대공황은 날짐승처럼
인간의 몸을 쪼아 먹었다. 채무자들의 얼굴 낮밤으로 바뀌
었다. 팔다리가 줄고 늘었다. 분해된 심장 거리를 뒹굴었
다. 그 시대엔 모두가 채무자였다,

『재미래』의 주인공 잭 히들스턴은 시인이며 안드로이드
제작 전문가다. 독실한 공학자만이 시인이 될 수 있던 시
대였다. 그의 시는 구세대의 세탁 가전이 그러했듯 탈탈
요란한 소리를 내며 작동하곤 했다. 낡은 안구전구 깜박이
며. 바큇살 굴려 가며. 분리된 머리·가슴·배 따위가 즐비
한 구시가지를 돌아다니는 것이 그것의 유일한 일과였다.

잭 히들스턴의 시는 말하지 않으며 말할 수 없고 말할
리 없다. 그것이 낼 줄 아는 가장 거대한 소리란 거리 뒹
구는 몸 부품을 밟음으로써 나는 것. 빠작—하는 파열음
뿐이었다.

빠작빠작. 그 시대, 어떤 채무자는 자신의 원래 몸 부품
을 전부 교체함으로써 완전한 타인이 될 수 있었다. 빠작

빠작. 그러자 이해라는 것이 발생하였다. 공감이라는 것이 발생하였다. 빠작빠작빠작. 서기 3200년대의 암흑기는 곧 이해와 공감의 시대였다.

소설이 끝나기까지, 잭 히들스턴의 시는 최초의 출발지로 되돌아오지 못한다. 이따금 멈추어 서거나 방향을 틀기도 하였으나 추위에 따른 몸 떨림일 뿐이었다고 판명되었다.

Ⅳ

보리스 자먀찐(Борис Замятин)의 무언극 「열두 번째 생일 파티를 하는 소녀」가 가진 악명은 자그마치 11시간 59분이나 되는 공연 시간에서 비롯되었다. 극의 내용은 다음과 같다. 무대 위에는 한 명의 소녀와 생일 케이크 올려진 식탁이, 배후엔 공중에 매달린 색색 피냐타 열 개가 배치되어 있다. 소녀는 생일을 기념하여 십수 명의 친구들에게 파티 참여 약속 받았으나 파티 당일 누구도 오지 않았다. 소녀는 따돌림을 당하고 있던 것이다.
　무대는 하염없이 연속된다. 소녀는 기다리고 생일 케이

크는 침묵한다. 식탁은 부지런하고 피냐타는 견딘다. 이 엄숙한 침묵 속에서 관객은—서서히 소녀의 몸뚱이가 자라나는 장면을 보게 된다. 늘어났다가 쪼그라드는 팔 다리 얼굴. 검으락붉으락푸르락, 흰을 향해 나아가는 머리카락.

11시간 58분 동안 천천히 늙어 가는 소녀가 당신의 눈앞에 있다.

(전화벨은 울리지 않는다)
(파리의 날갯짓 관객의 숨죽임 들리지 않는다)

암전은 언제나 예기치 못한 순간 출연한다. 쏟아져 내려오는 무대의 막. 눈부시도록 찬란한 어둠의 복판에서 당신은—열 개의 피냐타가 차례로 터지는 소리 듣는다.

풍선의 폭발음이나 생물의 중얼거림 같고. 으깨지는 몸 부품의 신음 같은. 첨벙첨벙 수면 걷어차이는 소리 같은.

이 환대가 얼른 끝나 버리기를, 당신은 기도하게 된다. 11시간 59분의 공연이 성료된다. 극장의 불이 모두 밝으면 비로소 당신은 유기될 것이다. 유리 공 같은 세계 한가운데.

고향

비자나무가 둥글게 둘러싼 마을이다. 여름이면 뾰족한 풀잎이. 산새들이 주렁주렁 치아처럼 가지 끝에 늘어져 있곤 했다.

축사는 이곳의 신전이다. 저장된 온갖 짐승들이 가지런했다. 혀끝에 고인 시어처럼 날마다 몸을 불렸다. 밤이면 그들의 눈 청록 자줏빛으로 반짝이곤 했고. 불티 되어 흩날렸다. 휘적휘적 떠돌아다녔다.

아름다운 광경으로 기억된다.

저녁마다 식탁에 둘러앉는 족속들이 있었지. 누군가의 살과 뼈를 발라내고. 각자의 그릇에 덜어 주며 다정하였다. 사랑과 사람의 말 나누며 건강하였다. 그 순간을 가족, 이라고 속삭여 부르면 젖은 흙냄새가 났다. 집 뒤편의 공동묘지에 우리는 우리가 뱉은 뼈들을 묻어 두었다.

고향에선 어떤 죄도
잊힐 수 있을 것 같고

고향, 이라고 힘주어 부르면
언제든 발밑은 고향일 것 같고

먼 옛날, 이곳의 선조들은 가뭄이 찾아올 때마다 아이를 낳았대. 온몸이 녹색 비늘로 뒤덮인. 펄떡이는 심장과 팔다리 가진. 그를 제단에 놓고 불을 질렀대. 둥글게 둥글게 가무하며 비를 불렀대.

그것은 밤마다 어머니가 들려주던 옛이야기. 잠들지 못하는 나의 이마 쓸어내리며. 낮고 흐린 목소리로 읊조려주는. 그 전설을

다 듣고 나면. 나는 늘 바깥을 보았지. 창밖 축사를. 공동묘지를. 바닥을 뒹구는 녹색 알들. 어둠을 먹고 무성해지는 나무들을 보았다.

그런 밤이면 종종

꿈을 꾸곤 했지. 축축한 비늘을 갖는 꿈을.
모든 풍경이 나의 바깥에 있었고 나는 그것이 걷잡을 수 없을 만큼 두려워졌다.

해변과 고아

연인들의 불꽃놀이 꺼져 가고
버스킹은 언제나 예외의 순간 막을 내리네
다섯 명의 청년들 야자수 그늘에 앉네
그들 고아원의 불알친구들,
공터의 사장에서 함께 성을 쌓은 적 있는
파도가 흔적을 앞질러 죽을 때마다
한꺼번에 보네 먼 방향

「저건 푸른 혁로군, 재빠르게 새들을 먹어 치우고 있어
멀리서 보아도 체온을 느낄 수 있다네」

「무슨 말인가, 나는 아무것도 보이지 않네」

「커다란 장롱이 보이지 않는단 말인가? 한번 닫히면 다
시는 열리지 않을 것만 같은 저 환한 장롱이?」

「나는 언제나 장소를 의심한다네 언제나 수다스럽고 앞
뒤 맞지 않는 암시를 되풀이하지 장소의 바깥에서 누가
만세하고 음주 가무하고 다리 떠는지 우리는 알 수 없네」

「물결이라니 어떤 상징인가 여기는 식탁 앞일세 우리는
원장이 주는 검은 빵을 먹으며 입을 만드는 중이라네 우
리의 보호자들이 도착할 때까지」

청년들은 찢고 태어났지, 캄캄한 신의 두골 속
같은 곳을 바라보며 다른 그림자 만드네
그럴 땐 어떤 현관을 가져야 할지 알 수 없고

다섯 명의 화자와 다섯 명의 타자는 야자수 그늘 속으로
침잠하네 첨벙첨벙 긴 밤이라네
주위를 더듬는 손에서 감각이 발생하네

손은 말랑말랑한 공(空)을 감각하네

데이(They)

중앙에서, 엄지손톱만 한 데우스 엑스 마키나가 작동되고 있었다. 고정도르래가 낮과 밤의 수면을 푹푹 퍼냈다. 나와 데이는 물푸레 그늘이 만개한 동산에 앉아 시를 쓰고 있었다. 나는 데이에 관한 시를, 데이는 나에 관한 시를 쓰기로 했다.

나와 데이를 가르친 시 선생은 늘 겉감이 다 해진 부츠 컷 진과 횟집용 앞치마, 백 퍼센트 폴리에스터 수지 섬유로 짜인 가죽 셔츠를 입고 다녔다. 「시는 찢어발기는 거야. 길들여야 해. 두 대 때릴 생각으로 네 대를 갈겨.」 처음 삼 년 동안 나와 데이가 배운 것이라곤 그저 물고기의 잔가시, 인간의 갈비뼈가 모두 몇 개인지 이해하는 법뿐이었다. 삼 년이 더 지나자 우리는 눈 푸른 독룡이나 마왕 시왕 따위는 행간 위에서 일곱 갈래로 찢어 먹을 줄 아는 연놈들이 되었다.

「각자의 시가 완성되기 전까지는.」 「서로의 것을 보려고 하지도 보여 주지도 말자.」 펜을 들기 직전 나와 데이는 약속하였다. 「손목을 걸자.」 「영혼의 생가죽을 다 도려내도 좋아.」 그물 무늬 나무 그늘이 나와 데이의 바지 안감을 다

적셨다. 모조 프루츠로 장식된 타르트 파편이 입속에서 은
은하게 허물어지고 있었다.

『시작.』

***

나의 장시 「데이」 속에 등장하는 데이는 총 일곱 명이었
으며 그들 모두 다른 방식으로 죽었다. 이를테면 사형집행
인의 방식으로. 사형수의 방식으로. 모피공장의 방식이나
양치류 군락의 방식으로. 다랑어의 방식으로. 물의 방식으
로. 불의 방식으로. 그들을 다 해체하는 데에 백마흔다섯
개의 상상과 열두 개의 세계와 세 개의 차원 소모되었다.
신년 밤하늘 축포처럼 난분분하였다. 나로부터
　팔 보 떨어진 자리에 앉아, 데이는 아직 시를 쓰는 중이
었다. 목재펄프로 만든 도화지 위. 양모를 촘촘히 박아 넣
은 붓을 휘두르고 있었다. 인간 사냥꾼의 눈이 빛났다. 코
끝에 그늘의 차고 비릿한 냄새 감돌고. 데이는
　어떤 「나」를 쓰고 있을까? 그 속에는 몇 개 몇 조각의
나들이 등장하며 그들의 사연 사인은 무얼까. 나는 물끄

러미 데이를 쳐다보았고. 꼴깍꼴깍 몇 방울의 공포를 삼켰다. 짜고 쓰고 시고 떫은 맛. 「찢어발기는 거야. 길들여. 갈겨.」 우리는

어째서 시를 쓰기 시작한 걸까?
가끔 나는 생각해 보는 것이고. 중앙에서, 엄지손톱만 한 데우스 엑스 마키나가 작동되고 있었다. 고정도르래가 빛과 어둠의 떼를 푹푹 몰았다. 우리는 물푸레 그늘에 만개한 동산에 앉아 시를 쓰고 있었다. 그런 문장을 나의 시 속에 몰래 적었다 지워 낼 때.

다 썼다고, 선생도 황천에서 읽고 놀랄 시라고.
외치며, 데이가 내 쪽으로 다가오고 있었다.

다음과 같습니다

다음의 보기에서 설명하는 이것은 무엇입니까?

① **국어학자** 자연계에 강·호수·바다·지하수 따위의 형태로 널리 분포하는 액체를 일컫는 말입니다.

② **화학자** 화학식은 H_2O로, 수소 원자 두 개와 산소 원자 하나로 이루어진 화합물입니다. 고체·액체·기체의 다양한 상태로 지구상에 존재하고 있습니다. 아무런 색도 냄새도 맛도 나지 않습니다.

③ **화자** 어디에나 있으며 어디에도 없는 것입니다.

④ **생물학자** 지구 표면의 80%를 차지하고 있는 성분이며, 생명이 살아가는 데 꼭 필요한 물질입니다. 전 세계 어디에서나 쉽게 볼 수 있으며, 오늘날 환경오염이나 무분별한 개발로 인해 부족 문제가 발생하고 있기도 합니다.

II

올렌카는 기다리고 있다.

우리는 심야 영화를 보았지. 검은 들판 위에서 차례차례 씬들이 지나가고 있었다. 우유 호수 번들거리는 장면 햇살 시계추처럼 농염해지는 장면 발가벗은 연인들 압사라 춤추며 원숭이를 훔치는 장면. 우리가 보고 있는 것은 흑백영화. 연인들의 시간은 밤인지 낮인지 알 수 없고

우리는 눈가를 훔치는 장난을 하다 장면을 훔치곤 했다. 할짝할짝. 검은 즙 줄줄 흐르는 과일나무 밑을 오래오래 걸으며. 주머니 속 장면들 나누어 먹었다. 이건 단맛이로군. 이건 쓴맛이로군. 그러나 모두 지저분한 감각일 뿐이야.

할짝할짝할짝

감각을 거부하자! 우리는

우리를 핥으려고 애쓰며 먼 길 걸었다. 길 끝에 광장 있었다. 광장에서 손 흔들었다. 절반만 녹은 대가리를 끌고. 질질질 각자의 길 걸어갔다.

되돌아가는 길이었다.

늦은 가을이었다.
흑백영화가 상영되지 않는 날이었다.

철새 돌아오러 떠나고
척추 부서진 태양 쓰러지고

올렌카는 기다리고 있다.

Ⅲ

발가락 페티시를 가진 인간으로서 수잔은. 요꼬의 희고
매끈한 발가락을 꼴깍꼴깍 입에 넣으며 말했다. 마치 천―
천―천사 같아 요꼬. 수잔의 검고 더러운 공동 속으로. 창
백한 발가락들 히드득히드득 떨어져 내렸다.

비건도 육식동물도 아닌 우리는.
무엇이든 삼키고 감각하고 믿어 버리곤 하잖아.

창백한 얼굴을 가진 인간으로서 요꼬는. 수잔의 검푸르
죽죽한 눈을 바라보며 중얼거렸다. 꼭 녹―녹―녹아내릴

것 같아 수잔. 바닥에 엎질러진 요꼬의 가슴팍 위로. 수잔
의 상이 비쳤다 안 비쳤다 했다.

    백 년 동안이나 죽어 봤는데도
    너처럼 아름다운 인간을 본 적 없어.

    베드룸에 두런두런 고여.
    우리는, 초월하는 걸까?

    수잔과 요꼬는 나란하였다.
    침대 밑에서 낡고 깨끗한 시를 사냥해
    탕을 끓여 한 접시씩 나누어 먹었다.

    가난한 수잔이 아름다운 요꼬를……
    가난한 요꼬가 아름다운 수잔을……

    둥글둥글
    수축 반응하는 이미지로만 이루어진 어둠
    배경
    캄캄하고

창밖에서 푹푹
흰 발가락들이
나리고 있었다.

Ⅳ

왕자와 여우는 같은 별을 보고 있었다.

저 별의 이름은 뭐야? 샛별(Venus). 아주 눈이 부시다.
그러게 정말, 부시지만. 양손으로 얼굴을 감싸면 너무 깜
깜해지니까, 두 눈 시퍼렇게 뜨고 있었다.
헐벗고 어려서. 우리라는 건

아파.
아파?

빛. 빛. 빛. 생각나? 인큐베이터. 우리의 고향. 지표 벨
트 위 사물들. 생산 풍경. 우리 그곳에서 제조했잖아. 화
장지처럼 돌려썼지. 검붉은 입들. 옆 칸에서 옆 칸으로.

몸에게 길들여지기 전. 우리는 참으로 늙고 영악했는데. 수리 시간. 다 함께 수치라는 걸 깨우쳐서. 하나를 배우면 열을 알아서.

아파.
아프다구.

우리, 길들여지는 중?
저것이 세계의 유일한 빛이라서. 우리는 눈을 떼지 못하고. 서로의 눈 교대로 가려 주고. 왕자야. 여우야. 아직 빛이 있어? 아직 빛이 있어. 떠나지 않았어? 떠나지 않았어.
엉켜 있었다.
몸이 강의해 주는 빛의 촉각.

저것이, 우리보다 먼저 죽을까?
이번의 보초병은 왕자. 여우는 두 눈을 감고. 꼬리에 온 낯을 묻고. 웅크려 있었다. 둥글둥글. 사방팔방. 난반사되는 빛 빛 비잊.
왕자는 보고 있었다.

샛별은 어디에나 있구나.
어디에나 있어서, 공포구나.

왕자는 발밑에서 주웠다. 불그스름 사과 하나.
깨물어 삼켰다. 아삭아삭. 해체되며

최후의 뱀을 기다리고 있었다.

V

전부에게
전부를
주는 일

　그것은 나만이 알고 있는 공공 씨의 말버릇. 그 말을 마
치고. 공공 씨는 늘 내 똥을 먹었다. 파란 똥도. 붉은 똥
도. 새하얀 똥도 거리낌 없이. 고체. 액체. 기체. 그것이 어
떤 얼굴을 가졌든

캉캉캉. 공공 씨의 인간만 한 이빨이.

먼 오늘. 우리는 목장에 살았네. 긴 풀을 심고 하늘을 칠하고 무성(無性)인 전부들을 풀어놓았지. 전부는 외톨이 같은 낯빛을 하고 솜털을 길렀네. 우리는 가공으로 먹고살았지. 늦은 밤 전부의 털을 다 깎고 돌아온. 공공 씨. 이건 나의 가장 신선한 똥이야. 건네주면. 사방으로 꼬리 흔들며

똥의 Melancholy

똥의 Cruelty

똥의 Reality

그릇에 얼굴을 박는 당신과. 지붕만 한 카우보이모자 나누어 쓰기. 그늘 안에서 먹는 똥의 맛 어때? 당신은 짜거나 시거나. 한 번도 들어 보지 못한 이름의 맛 난다고 한다. 헐떡거린다. 기다란 귀 번갈아 쫑긋거린다. 반들반들 털 빛난다.

엉엉엉. 창밖, 전부가 하울링하는 소리.

전부의 전부를 깎아 만든 이불을 덮자. 화롯불에 삶아지는 번데기처럼 파닥파닥. 공공 씨 아직도 배가 고파? 몇 개의 배설물을 더 먹어야 만족하겠어? 흔들흔들 공공 씨의 꼬리. 더는 여분도 없는데. 그러나 다행이지. 우리가 배설하고 섭취하는 어떠한 똥은. 전시될 만큼 역사적이어서, 그치.

밖. 새어 드는 울음소리. 엉엉엉.
어떤 전부가 잡아먹히나?
전부를 낳나?

눈을 감았다 떴더니 아침이었다.

공공 씨는 민둥한 몸으로 문 앞에 서 있었다. 밤사이, 인간이 되어 버린 것이다. 원래 자주 그러곤 했지만.

······에게
······를
주는······

나는 조금 눈물이 났고.
확인하러, 바깥으로 나갔다.

VI

폐허의 중심이었다.

에니스는 걷는 중이었다. 그의 개 졸졸 뒤를 따라왔다.
개는 이따금씩 어느 뒷골목으로 달려갔다가. 광활하고 구
린내 나는 밤의 넓적다리뼈를 물고 돌아왔으며
에니스는 수납하였다.

이 행성에. 살아 있는 것이라고는
나밖에 없어.

전쟁 있었다. 빨강파랑노랑 광선포 날아다니고. 횡횡 비
행선 검은 안개 몰고 다니고. 매일매일 무덤의 생일이었
다. 쥐들의 꼬리가 길어졌다. 클라크. 그는 죽기 전까지 세
계에서 가장 정의로운 영웅이었고. 적군의 폭탄 한 방에
빠앙, 터져 버렸다. 그가 살려 낸 아이들은 땅굴에 숨어서.

귤 한 쪽 물 한 모금 나누어 먹으며.

이름이 뭐야?

에니스.

어라 너도?

아이들의 얼굴은 하나같이 다르게 생겼고. 그래서 형제
도 애인도 아닌 그들은. 굴속에서 한 덩이처럼 오래오래
살았다. 해가 해가 흘렀다.

에니스.

한 명 빼고는 다 죽어 버렸다.

에니스는 하늘의 밑에 위치해 있었다. 개는 어두운 부
분을 보고 자꾸 짖었다. 한창때 클라크는 비행 망토 두
르고 이곳에서 저곳으로 갔고. 저곳에서 이곳으로 왔다.
휘날리는 머리. 휘황찬란 얼굴. 빛보다 빠르게 운동하는.

사람들이 다 죽어서 전쟁이 끝났다. 에니스는 호흡했다.
고요와 고요. 아, 개가 또다시 물어 오는구나.

에니스는 걷는 중이었다. 무덤가. 지나쳐서, 무덤가.

왜 그래? 아무도 되살아나지 않고.

밤은 몇 번 끝나거나
끝나지 않거나 했다.

VII

수잔은 방 안에 홀로 앉아 있었다.
앞에 강이 있었다.

수잔은 가물가물 흘러가는 요꼬 속에 발을 담갔다.

❄

요꼬가 온다. 수잔의 각질 뜯어먹으러. 아가미를 헐떡
거리며. 세 마리씩이나. 못 본 사이에 다들 성이 바뀌었구
나. 수잔은 붙들고 있었다.
유수(流水)에 떠내려가지 않도록. 늙고 창백한 발을.
발이 온전히 나의 몸이었을 때. 어디든 걸어갈 수 있을
줄 알았습니다. 상하이 바르샤바 아마존 남극기지 소행성
134340. 늦은 밤 발의 뒤축 부축하며 질질 집으로 돌아갈
때에는. 영원을 다시 배우는 기분이었어요.

아득. 아드득.

발이 간지럽습니다.

수잔은 본다. 발가락 틈새로 수줍게 빠져나오는 요꼬들. 분명 아까는 세 마리였는데. 두 마리가 되었구나.

또다시 배우는구나.

눈이 내리고 있었다. 어둠과 동일한 색을 가진. 요꼬 너는 얼지도 않고 흐르는구나. 콸콸콸. 되돌아올 문도 없는데 기어코 끝나지 않는구나. 그를 따라 떨어져. 떠내려가는 발목. 수잔은 최초를 생각했다. 내가 그 벽장의 문을 열고. 꺼냈지. 젊고 온기 넘치는 발을. 콸콸콸콸콸

탕.

총성 들렸다. 아주 멀고 외딴곳에서.

어떤 것이 끝났을 것이다.

수잔은 붙들고 있었다.

❆

수잔은 방 안에 홀로 앉아 있었다.

앞에 수잔이 있었다.

그가 새 발을 빌려 주겠다고 했다.
고맙다고, 수잔이 그랬다.

어떤 곳에서 푹푹
물고기의 검은 뼈들이
나리고 있었다.

Ⅷ

올렌카는 기다리고 있다.

척추 부서진 햇빛 일어나고
철새 떠나러 돌아오고

　서풍 불고 나뭇잎 한가득 떨어지고 분수가 위치한 광장
에. 올렌카는 앉아 있다. 당신은 시외버스를 기다리고 있
습니까? 당신은 캥거루쥐를 기다리고 있습니까? 올렌카
의 앞으로 세 대의 버스와 두 마리의 캥거루쥐 지나간다.
지나쳐 돌아오지 않는다. 가로등의 눈꺼풀 잠시 내려갔다
가 떠오른다. 그것이 다시 내려가리라고

올렌카는 믿고 있다. 그는 고도(Godot)를 기다리고 있다. 고도는 여러 쌍의 날개 있고. 두 개의 뿔 달렸고. 눈멀도록 근사한 하나의 성기를 가지고 있다. 고도의 얼굴을 목격했던 적은 한 번도 없지만. 감각한 적 있어 그의 당도를. 올렌카는 믿고 있다. 여러 쌍의 날개 퍼덕이며 이곳으로 떨어져 내리겠지. 세계를 한 바퀴 도는 동안 맞은 몇만 개 비둘기 똥에 관해 떠들며 웃겠지. 나는 묻겠지. 당신은 정말 고도인가요? 고도는 고도가 맞습니까?

아니요. 저는 수잔입니다. 여우입니다. 공공입니다. 에니스입니다.

그렇군요. 당신은 정말 고도가 맞군요.

흑백영화의 세계는 먼 옛날 숨을 거두었습니다
남은 건 미장센뿐이라는 거죠

Ⓐ *

---

*Ⓐ에 들어갈 말로 알맞은 것을 모두 고르시오.
(그런데/그래서/그러므로/그러니까/그렇지만/그리고/그렇게/그러나/
그래도/그리하여)

올렌카는 기다리고 있다.

IX

수조 속에 우리가 있다.
우리는 우리를 찾기 위해. 등판의 검은 돌기 펼친다. 펼쳐진 채로. 우리가 온다. 우리는 우리에게 물렁물렁한 말하고. 포옹하고. 키스하고. 다정다감 폭력폭력 교미 나눈다.

뽀글뽀글.

그 옆에 모여 우리는 관망한다.
생물학자는 우리의 생태 필기한다. 우리의 꼬리지느러미가 천적 앞에서 어떻게 쓰이는지에 대한 보고서 작성한다.
국어학자가 우리에 관한 시를 쓴다. 무수한 인물이 등장하는.
화학자가 수조 속의 농도 값을 미지수로 놓는다.

물살을 가로지르며
화자가 우리에게로 온다.

아카이브(Hidden Track)

_극지에서

——연인아, 우리는 얼어붙은 문가에 서 있구나.*

　형이 무쇠솥에 마크탁**을 삶는다. 창밖에 붉은 눈 내
리고 있다. 풍경 칭칭 소리 내어 흔들린다. 익어 가는 살갗
의 냄새 맡는다. 우리는
　겨우내 광야를 떠도는 한철 사냥꾼들. 털모자 그늘에 낯
을 감춘 여행객들. 현지인식 별채에서 사냥한 고래 물범
의 뼈를 들어내고. 겨우살이를 짜 만든 가구 틈에서의 생
활. 수조 속, 가지런히 담긴 짐승이 짖는다. 그것은 올해
가장 추운 날
　형이 호수 둘레에서 주워 온 알 속에서 태어난 것. 짐승
은 겨우내 펄펄 검고 찬 영혼을 뱉다가. 이듬해 봄이 오면
늙은 몸을 토한 뒤 죽는다고 한다. 짐승의 인간만 한 깃털
이. 가슴지느러미가. 네 쌍 팔다리와 수만 개 겹눈이 햇빛
을 받아 찬란 반짝이고 있다. 모두 형과
　내가 길러 낸 것들이다.

　간밤에

　쌓인 눈처럼. 붉고 깨끗한 꿈을 보았다고 형은 말했다.

---

*제오르제 바코비아, 「겨울 풍경(Tablou de iarnă)」 변용.
**고래의 껍질과 지방으로 만드는 이누이트의 요리.

우리는 내려다보고 있었고. 우리의 발밑에 피투성이 짐승이 있었다고. 그것이 모든 이빨을 허물고 꺼낸 몸을. 색색 괴괴한 모형을 우리가 다 봐 버렸다고.「꿈이라서 다행이야」짐승에게 귀한 것을 먹이며 형은 중얼거렸고.「꿈 같은 거 영원히 꾸지 않았으면 좋겠어」덧붙였는데

　　꿈속에서 우리는
　　생면부지 타인이었고
　　기록되는 여백이었고

　　모국의 음식을 먹었고
　　모국의 뜻대로 살았다

　　고 한다.

　　넓디넓은 꿈의 차양

　　반투명
　　유리로 이루어진

수조 속에 담긴 물이 얼어 가고 있다. 사각사각. 호수의
얼음과 얼음 둥둥 조우하고 서로를 그루밍하는 소리. 파
편과 잔여. 날마다

　호수의 수위는 차오르고. 짐승은 꿈의 성조로 짖고. 형
과 나는 때때로 흘러가는 것을. 고정되는 것을. 그러한 모
양과 동작을 이해한다.

　보이지 않아도

　안다. 창밖에 붉은 눈 내리고 있다. 벽난로의 잉걸불 깨
끗이 흩날린다. 사각사각. 무언가 타들어 가는 것이 있고.
한철의 성교 끝나고. 다 벗은 우리는 그 앞에 앉아 몸을 녹
여 보려고. 보려고 한다.

　Low fidelity

　보인다.

_인물과 번개

그이는 목수라고 하네. 무수한 가구를 만들고 허물어 본 일 있다네. 그렇다면 당신의 마을은 온통 나무로만 이루어져 있는가. 하지의 울창한 숲과 같은가. 오색딱따구리의 기도문. 호리병 배의 구전 가요를 어디서든 지껄일 수 있다고. 그는 말하고

나는 불러 달라고 했네.

Largo

당신은

언제부터 깨달았는가. 아주 오래전의 일이었네. 관다발이 의식 없이 물을 끌어 올리듯 그것은 천천히 몸을 통과했다네. 그 후부터 나의 껍질 단단해지고. 나의 영혼 동심원 주름들 가지게 되었지. 한번 만져 보아도 되겠나. 그이 고개를

끄덕이고. 나의 손 천천히 그의 몸으로 끌어가고. 정말 그렇군. 휘도는 물의 말을 들을 수 있네. 온난다습 좁고 환한 이 방 안에서는. 얼마든지 피우고 맺고 떨굴 수 있

을 것 같네.

그이와 나 반 갈라
나누어 먹는 과육의 맛.

맞닿은 부은 발.
엇비슷한 크기.

검거나 노랗거나 희거나 어떤 색의

스펙트럼. 그이는 목수라고 하네. 무수한 가구를 허물
고 만들어 본 일 있다네. 사실은 자체로 아름답거나 우리
를 아름답게 만들어 주지 않고. 빈 도시를 뒤덮는 잡초처
럼 무성히
　우리를 길들일 뿐이네. 여인숙의 바깥. 푸르고 기나긴
밤의 장. 구석에 서서 그이 담뱃불을 붙이고 있네. 허물어
지는 불씨. 가로등의 점멸. 이따금

빛과 어둠 스미는
그이의 낯.

하나이거나 여럿이고
목수이거나 목사
문신사나 선생 사수가 되고

당신은

이다음에 어디로 가는가. 어디로 가야만 하는가 물으
면. 백 개의 목소리로 답은 돌아오고. 오늘과 내일과 내일
의 내일이 가고. 나는 홀로
　걷고 있었네. 돌로 된 담벼락 이어진 길을. 검고 무른
파과들 구르고. 갈퀴덩굴 자라나는 밤을. 호우(好雨)처럼.
순간의 빛처럼 나

그이의 이름들로
살아가는 날이 잦았지.

Cantabile

나 그로부터 제작된 사물이라네.

_제3전시관

　여기는 선사박물관. 원시적인 데일리룩 걸친 인간들 불꽃 피우고. 그들의 언어로 대화 나누고. 털코끼리 물리치고 검치호의 가죽 벗기는
　장면의 재현. 포식자의 목처럼 서늘한 복도를, 우리는 잘도 걷는다. 편애하거나 공포에 떨지 않는다. 저 끝에 체험관이 있다, 그리로 가 보자고. 나의 몸을 쥐고 끄는

형의 손.

화탕지옥처럼 안온하고

우리는

　체험관에 준비된 옷을 입는다. 듬성듬성 털 붙은 가죽. 긴밀한 조직들로 구성된 의복을. 밀랍으로 된 인간들 곁에 앉아 우리는. 그들이 해체하고 재구성하려 하는
　짐승의 얼굴을 바라본다. 만져 봐, 아직 심장이 따뜻해. 진짜처럼 울컥울컥 토해 내고 있다. 말하는 형의 어조는 어쩐지. 우리네 선조의
　선조를 닮았고. 중앙에서 타오르는 모닥불. 전시된 퇴

적층의 만 년. 우리는 짐승의 내부를 돌려 보고 있었지. 몸
에는 검붉은 피 고이고 침투하고 줄줄 흐르고. 기이하다,
정말 되어 가는 것 같아. 그런 농담은
　까닭 없이 흥건하다. 수십 쌍 동공들. 캄캄한 밀랍 시선
들 우리를 에워싸고 있는데. 그 복판에서 우리는

　　　　　어쩌면 우리를
　　　　체험하고 있는 것일까.

　　　　손안에서 물컹거리는
　　　　이 역사는 무얼까.

　　　　　　순간의

　궁금증은 생겨나는 것이고. 흩어지는 어둠의 향. 관내
에 반복 재생되는 원시의 말. 인상적인 체험이었어. 이제
다음 시대로 갈까? 걸친 가죽을 벗으려는데 갑자기
　형이 나를 붙든다.

　조금만

조금만 더 있자고 말한다.

_극동에서

불이야. 불이야.
그 밤, 우리는 태양신의 배 속에 있었네.

버얼건 조명 아래였고. 무동 모양의 홍염들 넋두리 살
풀이 흩날리고 있었고.
형과 나는 해안가에 나란히 앉아 있었지. 먼 곳을 바라
보며 건배를 했고. 풍경을 따라 이따금 몸 비비고 흔들었
는데. 발목 꼬이고 허리 꼬부라져 우스운 꼴 되었네.

이 고도(孤島)는

세계의 가장 동쪽에 위치하지. 태양신을 생산하는 공장
이라네. 이중 세 겹으로 잘 포장된 태양신은. 이곳에서부
터 기나긴 물의 길을
컨베이어 벨트를 따라 흘러가고. 그의 꽁무니 따라 빵
과 방과 밥 데워지고. 묵은 시가 쓰이고. 빽빽 화자들 펼쳐
진다고. 나는 일러 주었고

형은 믿지 않는다고 했지만

불이야. 불이야.

그 밤, 우리는 태양신의 배 속에 있었네.

찬 코크를 마시며

마주친 눈 빛내며

우리 중

누가 먼저 이곳에 오자고 했는지. 여행이란 깊은 물처럼 얼마나 징그러운지. 얼마나 가슴을 뛰게 하는지를 묻고 답했지. 열기 아래 흘러내리는

얼음의 둘레. 잔 표면에 맺히는 물방울. 이 밤중, 우리만이 빛 속에 숨어든 인간이라는 것이 기이하다. 빛은 공평하구나 그렇지? 모래 위에 죽은 새처럼

녹슨 그물처럼.* 형과 나는 해안가에 뒤엉켜 누워 있었지. 서로의 것을. 무족영원의 발들을 주무르며. 프레스 기계 팔을 거쳐 출하되고. 서방을 향해 막 걸음을 옮기는

오늘의 태양신을

---

*로맹 가리의 소설 「새들은 페루에 가서 죽다」 속 첫 문단의 이미지들을 차용하였다.

함께 보고 있었던 것인데.

온기를 갖는 먼 세계
깨어나는 목소리들

흔적을 지우는 물의 손.

우리, 출까?

달라붙은 모래 털며
그가 물으면,

불이야. 불이야.
그 밤, 나는 어떤 병력(病歷)도 사랑한다고 했네.

_먼 옛날

개굴개굴
반으로 갈라지는 뱃가죽.

과학실 창밖으로
길어지는 담쟁이덩굴.
물풀과 병동의 냄새.

스포츠머리 나의 짝꿍이
활짝 미소를 짓고 있다,
손에 조그만 철제 흉기 들고서.

구불구불
생장하는 검은 뼈.
몸 모양의 마음.

애인은 어떤 식으로 생기는 걸까*

우리의 해부학 교시는

---

*임승유, 「계속 웃어라」.

영원처럼 길고도 짧다.

✳

기억나니?
교정의 귀신들 가무하던 밤을.
쓰름매미의 선창을.

아무도 없는 교실에서
우리는 공유했잖아.

너는 이렇게 생겼구나.
나는 이렇게 생겼는데.

낡은 판자의 삐걱거림
석고 벽의 패턴
점액 냄새 나는 순간들.

나의 짝꿍아, 나는
그로부터 발생되었다는 것을

내부는 절개로부터 태어난다는 것을

고백하지 못했고

＊

수업이 끝나고
우리 함께 화단에 묻어 준
개구리의 육신은

지금쯤 어디에 위치하고 있을까.

어째서 기록은
자꾸만 죽음을 벗어나는 것일까.

엽기적인 나의 짝꿍아,
너는 알고 있을까.

크거나 굵거나 손톱만 한

기록들이 오늘날

밀물처럼
원생생물의 군락처럼
내 발에

우글거리고 있다는 것을.

너는 이 강의 이름을 알까.

_가정(假定)과 평화

> ──허기증. 오 연인이여, 우리 모두의 **빵**이여.[*]

창틀 빛 수직으로 흐른다. 희고 깨끗한 식탁에 앉는다. 과하게 구워진 계란. 소량 철이 함유된 시리얼. 가정을 위해 설계 수주 조립된 기계들 일제히

작동하고. 웅웅 전기신호에 의한 대화 나누고. 볕이 너무 눈부시지 않나. 검고 펄럭거리는 것을 매달고 싶어. 찌푸린 눈. 마주 보며

남편은 토로한다.

White noise

일렬로 정렬된 사기

물방울

포개어진 순면 패턴드로즈 보풀

처럼 번지는 오후. 기사가 우리의 주거 공간 구석 자리에

---

[*]옥타비오 파스, 「태양의 돌(Piedra De Sol)」 변용.

내려놓는다. 그것은 인터넷 쇼핑몰에서 최저가로 주문한 원목 벽장으로

수납공간 넉넉하고. 겉칠 마감 엉성하지 않고. 우리의 무색 협소한 방 한편에 두기에 적절한 색감 가지고 있다. 「정말이지 근사한 가구야」 나는 말하고 「무엇이든 넣고 꺼낼 수 있겠군」 남편은 맞장구친다. 그것의 내부에

탁자를 넣고 차렵이불 넣고 빈방과 천장 저장한다. 탄창을 꺼내고 피 흘리는 짐승 꺼내고 빈방과 천장 열람한다. 「나를 넣어도 너를 꺼내도」 「변함도 결함도 명암도 없군」 준수한 가구의 보존력. 습윤해지거나 거뭇해지지 아니하고

부러 휘발되지도 않는

영구 보존되는 시신 같은

장식들
장치들

로 이루어진 방. 창밖 어둠 사선으로 자란다. 백등 아래 나와 남편 눕는다. 고인 불빛에 얼굴은 젖고. 수생식물의

말들 나누고. 가장자리 새로 들여온 우리의 가구는
　아름답다. 끓는 솥처럼 공장의 생산 시스템처럼 유용하
다. 낡은 몸을 벗자. 정갈히 개어 그 속 한편에 두고 오자.
찌푸린 눈. 더듬으며

　　　　　　수면의 파문
　　　　　　겹쳐지는 어둠

　　　　평화로써 이룩되는 평화.

　　　　noise canceling

　　　　잠에 들면 나는 자주

　　　　　돌아가는

　　　　방법을 잊는다.

제4부

수몰 푸가

수련회 마지막 날 밤. 저마다의 손에 촛불을 담아 든 채,
우리는 강당으로 모였지. 둥글게 둥글게 앉았지. 집에 두
고 온 것들을 생각하기로 했지. 각자의 죄 고백해 보라고
교관이 말했지.

「태어나서 죄송합니다」
한 애가 선언하듯 외치자

모두가 깔깔 웃었다.

Ⅱ

어제는 개를 풀어 주었지.
너무 많은 끈에 묶인 개였다.

의사는 0부터 10까지의 숫자 중 하나를 골라 보라고
했지. 로르샤흐테스트 해 보자고 했지. 의사가 보여요. 환
한 옷을 입고 있군요. 수백 수천 명이군요. 다 함께 구령

하며 뛰고 있군요.
　그러자 집으로 돌아가도 좋다고 했다.

　발만 있다면
　세계의 어느 곳도 산책로가 될 수 있다는 사실이 기쁩
니다. 내가 달아 둔 이 발 마음에 듭니다.
　나는 은빛으로 반짝이는 호숫가를 걷고 있었지. 때때
로 경종을 울린 자전거가 내 곁을 스쳐 멀어져 갔고. 부모
들이 색색 연을 날려 보내며 하하호호 그들의 아이와 놀
고 있었다.

　집에 돌아오면 몸을 씻었지.
　과일 냄새 나는 비누로 거품을 냈다.

　곳곳 만지고 문질러 보면
　너무 많은 장소가 있었습니다.

　떠내려가지 않았습니다.

　　Ⅲ

올려다보면,
세계는 물에 잠긴 사람의 얼굴 같아.

물에 젖은 얼굴도
불린 얼굴도
담근 얼굴도 아니고

단지 물에 잠긴 사람의 얼굴 같아 끔찍하고

날마다 아름다워지는 것이 규칙이라, 늘상 옷방에서 살았습니다. 환풍구 없이 미끌미끌한 혀 위였습니다. 어째서 포장지는 빛을 퍼뜨리는 재질입니까. 구길 수 있는 손이 누구에게나 있다는 게 이상합니다.

나 팔다리 쭉 펴는 훈련을 하고.
벽에 등 붙여 키를 재고.
건강이 규칙인 그 방에서 오래도록

벗고

걷고

입고

잊고

IV

화창한 낮. 분리수거를 하러 아파트 현관을 나서다 나
보았지. 누군가 만들고 간 눈오리들 줄 세워져 있는 것을.
그 아래 누군가 삐뚤빼뚤 써 놓은 글씨를.

만든 이 있습니다. 반드시 돌아올 겁니다. 손대지 말아
주세요. 눈으로만 예쁘게 바라봐 주세요.

따뜻한 볕이 내리쬐고 있었고, 무수한 주민들이 흰 숨
뿜으며 단지 안을 돌아다니고 있었지.

그들 중 누구도 내가 왜 울고 있는지 이해하지 못했다.

서스펜스

북코나미오에서는 들개를 저승신의 현현이라 여겼다. 들개가 물고 가는 살점의 주인은 지옥에 떨어진다 믿었고 그리하여 깊은 땅속에 궁을 지은 뒤 죽은 이들을 안치하였다.

작년에 그곳 시(市)의 민속박물관에 들른 적 있다. 이천 년 전 지어졌다는 지하 무덤의 단면을 본 적 있다. 개미굴 같아. 생물의 뇌 같아, 나는 속으로 중얼거렸고. 짓는다는 일에 대해 생각했다. 이듬해 자신이 누울 자리를 정성껏 메우는 북코나미오인들의 마음에 대해.

지금 나는 인천에 있다.
이 방은 다섯 평 크기이고 유리로 된 문이 한 면을 다 채우고 있다.

허공을 짚으면 벽이 만져졌다. 자재의 찬 감촉이었다. 천장을 보고 누워 있다 보면 이따금 희우가 희고 냄새나는 궁둥이를 들이밀었다. 희우는 지난여름 유기견보호센터에서 데려온 스피츠 암컷으로 한밤의 호수처럼 맑은 눈을 가지고 있었다. 짓는다는 일에 대해 생각한다. 어떤 문의 형상을 떠올리고 금방 그것을 잊었다.

나의 오랜 부기맨 친구

나는 내가 지은 신전에서 나고 죽었지.

나의 장례식
방명록에 이름 쓴 이는
나와 나의 오래된 친구
부기맨이 전부였고.
들판은 들판의 노래를 하고
인간의 뾰족한 성들 일어나고

덩굴손식물처럼
상여 위에 나란히 앉아

우리는 다 보았지.

우리는 다 보고야 말았네.

***

소꿉놀이하며
「이 선 넘어오면 네 몸은 나의 것이다

잘게 잘라 튀겨 먹을 것이다」
다정히 짖던 날들이 있었지.

바닥을 구르는 금속제 과육.
모조 세계를 가르는 손.
옆구리 터진 방석들 수북이 쌓인 그 방에서

혀를 내밀어 보면 후두둑
언제든 열 편의 바늘이 얹혀져 있고

서로의 것을 문 채로
앙앙, 그것이 무슨 원이라도 되는 것처럼
뱀처럼 신처럼 있던 나날들.

우리는 다 보고야 말았네.

몸이 자세를 두고 먼저 죽었지.
나 더는 죽을 수도 손 뻗을 수도 없다, 비로소
구음(口吟)이 된 것일까.

무수한 벽장들로 지어진
저 성들의 입속으로 성큼성큼 들어갈 수 있을까.
천년만년 휘돌 수 있는 것일까.

상여는 어느새 장지에 다다르고

그러나 괜찮아,
겨우 세상의 끝일 뿐.

그 말을 건넨 뒤 너는
나의 가장 큰 공포로 현현한다.

***

겹쳐진다.

겹쳐진다.

핸드헬드*

어렸을 때.
내게 벽장은 신이었어.

놀이 시간, 안에 숨으면
그 어떤 유령 친구도
나를 찾아낼 수 없었으니까.

서방으로 가라앉는
천사의 날개

달무리

검은 강 속에서
나는 다 벗고 있었네.
목 뒤의 태엽 돌리네.

뭍을 오르는 어류의 동작으로
생명적으로

나 잠수하네.

---

*삼각대를 이용하지 않고, 카메라를 손이나 어깨 등으로 직접 드는 촬영
기법.

***

운동장의 아이들,
튀기는 땀 튕기는 공
장면을 잘라 가는 볕.

나는 창가에 앉아 내려다보고 있었고

너 왜 여기 있어?
혼자 맞지 않는 옷을 입고 있어?

복도를 지나던 선생이 물으면
「누가 시켰어요」 답했네.

언젠가 공장의 담벼락에서
주운 나의 뼈. 차고 깨끗한 물길에
씻기고 말리어 창가에 놔두면
반짝반짝, 광물의 노래를 따라 불렀고

천장의 환한 눈
그 아래, 골목 걷다 갑작스레
「죄송합니다」 속삭이는
건강한 나의 자동기술장치.

늘 등 뒤에 두었던 손.
몸속에 감춘 혼.

멈출 때까지
걸어야 했던 나의

긴 산보.

***

몰아쉬는 호흡

물장구

나 젖은 손을 펼치네.

그 속 쥔 것을,
물 깊은 곳에서 발굴한

한때
이제 꺼내 달라고
이 협소가 나를 죽게 한다고

질러도 질러도
열리지 않던 내부를.

심장보다 높게 들어올리기.

동방에서 등장하는
천사의 민낯

사각 표면에 맺히는 빛

응시하기.

멈블링

죽음이
생물의 모양으로
널려 있다.

빈 탄피 탄 냄새
흐르고 허물어지는 풍경들.

국경에 가지 마라,
너무 많이 알게 되어 버린다

그건 나의 첫 생일
부모가 건네준 축사였는데,

차고 찬란한 결정이
죽음의 미끈한 알들이

이곳 국경의
새벽 속으로 푹푹

쏟아져 내리고 있었고

백 개 나의 눈 뒹굴.

만 개 나의 눈 뒹굴.

뚜렷이.
오롯이.
보란 듯이.
있듯이.

Show must go on*

임지훈(문학평론가)

　'멈블링'. 누군가에게는 다소 생소하게 들릴 수 있는 이 용어는 힙합 음악에서 다음과 같이 정의된다. '트랩'이라는 하위 장르에서 파생된, 부정확한 발음으로 중얼거리듯 부르는 랩 스타일의 일종. 이렇게 말하면 마치 전달력의 부족을 스타일로 핑계 삼는 양식인 것처럼 들리겠지만, '멈블링'은 '싱잉'을 비롯한 다른 랩 스타일과 혼합되기도 하고 흑인 커뮤니티의 독특한 억양이나 슬랭이 뒤섞이기도 하면서 분명하고 새로운 장르적 깊이를 생성해 나가고 있다. 물론 초기에는 멈블링이라는 스타일 자체가 갖는 특징을 부정적으로 보는 시선이 더 많았으나, 이로부터 형성되는 청각적 쾌감은 그것을 하나의 독보적인 스타일로 재인식하게끔 만들었다.

　이러한 멈블링의 탄생에 대해서는 여러 가지 가설이 있는데, 그 가운데 하나는 새로운 라임과 플로우를 창안하기 위해 고안된 가사가 실제 래핑에서 고스란히 발음되기 어려웠던 탓에 가사를 뭉개듯 발음했다는 설이다. 물론 이는 청각적 쾌감이 가사를 통한 의미 전달보다 우위에 있다는 멈블링의 특성 및 목적에 따른 해석에 가깝겠다. 실제 그것의 형성 과정과 원인은 지금으로선 정확히 알기 어렵고, 다만 지금 우리 눈앞에 놓인 멈블링 스타일의 노래들을 통해 그 과정을 소급적으로 가정해 볼 따름인 것이기 때문이다. 모든 스타일은 명확한 생성 과정을 거쳐 확고하게 지금의 형태로 자리 잡은 것이리라 생각하기 쉽지만, 모든 기원과 그에 따른 서사는 단지 지금의 형태로부터 유추된 소급적 환상에 불과하다.

비록 소급적인 환상에 불과하겠지만, 이것이 다만 환상에 불과한 것은 아닐 것이다. 어쩌면 조금 더 보편화시켜 생각해 본다 해도, 크게 무리될 것은 없지 않을까 싶다. 예컨대, 멈블링 스타일의 음악적 특성을 하나의 예술적 스타일이 정초되는 과정에 대한 메타 서사로 생각해 보는 것 말이다. 음악이든 예술이든 하나의 예술적 스타일이 자신을 정초하기 위해서는 늘 시행착오가 수반된다. 기존에 발설되지 않았던 감정, 감각, 사유 등을 전달하기 위해서는 기존의 형식만으로는 부족함을 느끼는 경우가 많기 때문이다. 이 상황을 조금 우회적으로 표현하자면 우리의 표현 능력은 대상을 향해 직선으로 가닿고자 노력하지만, 실제로는 대상의 주변을 반복 선회하며 그것에 근접하기 위해 노력하는 형상이라고 할 수 있다.

즉 우리가 새로운, 아직 정초되지 않은 무언가를 정확하게 표현하고자 시도할 때면 우리는 필연적으로 대상의 주변을 맴돌며 그것에 근접하고자 시도한다. 표현 양식의 비틀거림, 혹은 명확하게 구체화되지 않은 발성기관의 운동. 이 운동은 위에서 설명한 멈블링의 탄생 과정과 거의 유사하다. 멈블링 또한 새로운 예술적 스타일로서 위와 동일한 과정을 거쳐 지금의 형태로 정초되어 왔기 때문이다. 어쩌면 멈블링에서 우리가 주목해야 할 점은 청각적 쾌감이라는 효과가 아니라 그 정초의 과정 자체를 하나의 예술적 스타일로 승화시켰다는 점일지도 모르겠다.

이토록 장황하게 멈블링에 대해 설명한 까닭은 송희지의 첫 시집인 『싱크로나이즈드 스위밍』에서 일어나는 시적 운동이 바로 이 멈블링의 과정과 갖는 유사성 때문이다. 그의 시에서 화자는 자주 자신이 표현하고자 하는 바를 명확하게 표현할 수 없다는 사실로부터 깊은 슬픔을 경험한다. "무언가 더듬고 쥘 수 있다면", "나는 가장 먼저 나의 입안을 만질 것"이라는 표현처럼(「플루이드」), 그는 자신의 내면에 있는 무언가를 구체화시키길 원하지만 그것은 늘 일정한 실패의 필연 속에 놓여 있다. 때문에 그는 타인과 함께 있을 때에도 자신이 표현하고자 하는 바를 표현할 수 없다는 자괴감으로 인해 깊은 고독에 빠져든다. 문제는 이 고독이 자신의 내면을 무시하고 망각한다고 해서 해소될 수 있는 유형의 것이 아니며, 더불어 그 내면이라는 것이 무시와 망각을 통해 제거될 수 있는 형태의 것이 아니라는 점이다. 그것을 송희지는 「여기」라는 시에서 다음과 같이 표현한다.

여기를 만난 것은 눈이 우수수 쏟아져 내리던 어느 겨울이었다. 편의점으로 걸어가던 중이었고 바깥의 추위를 견디기 위해 최소한의 옷을 걸친 채였다. 까아암바아악 까아암바아악 고장 난 가로등 아래에서 나 웅크린 여기를 보았다. 그의 비늘은 눈발로부터 물려받은 빛을 뚝뚝 떨어뜨렸고 그 빛들이 웅덩이처럼 나의 낯을 희뿌옇게 비추고 있었다.

(중략)

여기는 모든 집으로부터 벗어나고 싶어 했다.
상자도 어항도 소용없었다. 사육장을 무너뜨렸고 버드케이지의 견골들을 구부러뜨렸다.
「차라리 나를 죽여」 내가 외칠 때까지 온 공간에 분노를 싸질렀다.
배(拜)를 올리듯 주저앉으면 그제야 내 앞에 내려앉아 깔깔깔 비웃었다.

(중략)

바쳐라, 혼을, 얼룩덜룩 더럽고 우아한 몸들을 내 긴 목 속에 넣어 다오.
여기는 뜯고 헤쳤지. 여기는 풀풀 흩날렸지. 여기의 게걸스러운 노래가 벽지 속 파고들어 물결무늬 파문을 그려 내는 동안

엉엉엉, 나는 불타는 집처럼 울었네. 조각난 애인의
장들 쓸어 모으며. 흥건한 핏물 위에서 양손 휘적이며.
　　부서진 내 영혼, 부서진 내 영혼.
　　밤새도록 자장가만 흥얼거렸다.

―「여기」부분

　　다소의 중략으로 인해 시적 맥락을 온전하게 전달하기는
어렵지만, 이 시에서 "여기"는 '나'의 몸 안에 늘 기거하며 타
인과의 관계를 실패하게끔 만드는 존재로 표현된다. 게걸스
러움, 낡은 살점들, 무너지고 구부러지는 구조들, 무수한 이
빨과 핏물 등, "여기"와 관련된 그로테스크한 서술이 알려
주는 것은 그것이 지울 수 없는 "얼룩덜룩 더럽고 우아한"
얼룩이면서 늘 전부 이상을 원하는 '내' 안의 낯선 타자라는
사실이다. 그것은 늘 '나'의 곁에 머물면서 '나'의 의지로는
통제할 수 없으며, 타인과의 관계를 늘 실패로 귀결시킨다.
　　이 낯설고도 익숙한, 그러나 늘 섬뜩한 움직임을 보이는
"여기"라는 존재는 그 그로테스크함으로 인해 흡사 '나'의
안에 기생하는 외부적 존재로서의 에일리언과 같은 양태를
떠올리게 만든다. 이것은 영화에서와같이 제거할 수도 없으
며 통제할 수도 없는 존재이면서, 더불어 그 욕망의 구현 양
상이 화자의 동성애를 기반으로 하는 성애적 욕망과 거듭
공명한다는 사실이다. 화자가 시의 서두에서 밝히고 있듯,
"나는 대한민국 서울에서 출생했고 호모섹슈얼 남성이다./
다음의 텍스트는 이 전제로부터 시작되었다." "여기"는 아

무엇이나 먹어 치우는 것이 아니라 '나'의 성애적 욕망의 대상만을 먹어 치우며, 이 행위는 흡사 욕망을 '나'의 바깥으로 끄집어내길 원하는 것처럼 그려진다. 이 기이한 기생 관계는 화자와 "여기"의 다음과 같은 대화를 통해 은유적으로 드러난다.

「너는 언제나 나를 죽여 버리고 싶어 하지」 내가 말했고
여기는 느릿느릿 고개를 끄덕였다.
나는 그것이 여기가 「사랑해」라고 말하는 방식임을 알았다.

뚱뚱한 꽃나무 가지가 흰 잎을 흩날리고 있었고 그중 하나 잡아채 보면 손안에 있는 건 향뿐이기도, 찬물이기도 했다. 아작아작, 이따금 바람이 우리의 발끝을 깎아내리면 「자연하다」 중얼거렸지. 구부러진 자세로 서로를 끌어안고 있었다. 기대하는 손님처럼 정숙히.

—「여기」 부분

하지만 그렇다고 해서 이 "여기"라는 대상을, 단순히 화자의 자기 파멸적 욕망의 일환으로 생각할 수는 없다. "슈가크래프트 예식장"이라 이름 붙여진 단락에서 드러나는 동성애적 욕망의 성취 불가능성과 더불어짐으로써 "여기"는 보다 분명하고도 고유한 색을 가지게 되는데, 그것은 현실원칙 속에서는 성취될 수 없는 불가능한 욕망이며, 사회

적이며 상징계 내부의 존재로서의 '나'의 이면이다. 예컨대, '나'라는 존재가 동성애적 욕망의 성취 불가능성에 대한 자각에서 드러나듯 사회적 원칙에 강하게 속박될수록, "여기"로 통칭되는 '나'의 이면은 보다 강하게 자신의 욕망을 드러내며 '나'를 괴롭힌다. 흡사, 법과 그것의 이면으로서의 초자아라는 정신분석학적 맞짝처럼. 그러나, 이 모든 욕망을 성취할 수 있도록 적극적으로 움직이면서도 그것을 모두 굴절되고 비틀린 형태로 이뤄 내는 원숭이 손의 저주스런 자태로서. 바로 그것이 『싱크로나이즈드 스위밍』이라는 시집에서 거듭 등장하는 일인칭 화자의 이면이자 그가 앓고 있는 증상으로서의 내면이다.

그러므로 단지 자신의 내면을 온전히 표현할 수 없다는 말로는 그의 시적 궤적을 설명하기에 부족하다. 그의 시적 궤적은 현실적으로 성취 불가능한 욕망의 궤적과 맞닿아 있으며, 그로부터 추인되는 이면과의 불가능한 공생이 늘 배면에 깔려 있기 때문이다. 따라서 우리가 앞에서 표현에 대한 욕망과 그로 인한 '멈블링'이라 정의한 것은 보다 정확히 말해서 현실적으로 불가능한 '나'의 양상을 어떻게 다룰 것이냐는 존재론적 문제를 함의한다. 여기에 덧붙여져야 하는 것은 이것이 현실과의 타협과는 전혀 다른 방향이며, 그렇기에 늘 현실적인 고통을 수반한다는 사실이다.

애들아, 우리의 발이 자꾸만
나를 질질 이끌고 있다. 집어 던지고 있다.

굴라쉬(guláš)처럼 우리도 쥘 수 있을까.
뜨겁고 묵직한 가능을,

부르짖으며

사방으로 튀기는 파편들;
자꾸만 가려졌다 드러났다 하는 것이 있고

시작되려는 듯
끝나는 듯하는 이

긴긴 동작들,
　　　　―「뛰어드는 소년들」 부분

　따라서 송희지의 시를 읽으며 우리가 느끼게 되는 모종의 불협화음과 같은 감정, 혹은 의도적인 것처럼 느껴지는 산종하는 단어들의 결합이란 단순한 미적 쾌감을 위한 것이 아니라, 자신의 실존을 위한 사투의 과정으로 경험될 필요가 있다. 그러한 것으로서의 시인의 '멈블링'이란 사회적으로 승인되지 않은, 그렇기에 자신의 사회적 실존을 위협하는, 그러나 감출 수도 제거할 수도 없는 욕망이라는 실재를 다루기 위한 유일한 방법이기 때문이다. 그러므로 불완전한 표현 방식으로서의 '멈블링'은 정지될 수 없다. 비록 그것이 불완전한 것일지라도, 역설적으로 그 불완전성이 행위로서의 '멈블링'을 거듭 지속시킨다.

노수부는 검은 물속으로 그물을 던졌다. 건져 올릴 때 세차게 펄떡이는 비늘들이 딸려 오지 않음에도 그 일을 반복했다.

널따란 호수였다.
눈먼 벌레들이 제 뼈를 깎아 내고 있었다.

배후에서 무언가 침잠하는 소리가 들려오곤 했다. 검은 물 위로 겹겹 원을 그리며 빠르게 호수의 끝과 끝에 도달하였다.

노수부는 젖은 손으로 빈 그물을 끌어올렸다.

멈추지 않았다.

— 「멈블링」 전문

한 '노수부'가 있다. 그는 "널따란 호수"의 "검은 물속"으로 거듭 그물을 던진다. 그 그물질에는 어떤 것도 잡히지 않지만, '노수부'는 거듭 그물질을 반복한다. 거듭 반복되는 그물질 속에서 어떤 것도 손에 잡히지 않음에도 그의 그물질은 멈추지 않고, 그물질이 만들어 내는 파문이 겹쳐져 겹겹의 원을, 각각의 파문에 의해 간섭되고 일그러진 무수한 원을 발생시킨다. 이 풍경의 바깥에는 "눈먼 벌레들이 제 뼈를 깎아 내"는 장면이 존재하는데, 이 벌레들의 모습은 검고 깊은 호수에 무한히 그물질을 하는 '노수부'의 모습과 겹쳐져 이 무수한 반복이 무엇을 대가로 이루어지는가에 대한 감각적 이해를 촉발시킨다.

자신의 삶을 담보로 한, 그러나 아무것도 손에 남지 않는 '노수부'의 그물질은 시집의 첫 시라는 상징성과 같은 제목을 공유하는 작품이 여럿이라는 점, 더불어 이 시집의 마지막 시 또한 '멈블링'이라는 제목을 공유하고 있다는 사실로 인해 시집 전체를 관통하는 강력한 메타픽션으로 작동한다. 하지만 중요한 것은 이 메타픽션으로서의 '멈블링'에 대한 시화가 결코 『싱크로나이즈드 스위밍』의 유일한 참조점은 아니라는 사실을 강조하고 싶다. 오히려 그것은 운동으로서의 '멈블링'이, 송희지의 시적 기법으로서의 '멈블링'이 작동하는 구조에 가깝다. 즉, 물에 빠진 우리가 살기 위해 손을 휘젓는 무수한 동작들이 수많은 파문을 그려 내고, 그렇게 그려진 파문이 시간을 가로질러 서로와 공명하는 것, 그리하여 서로를 간섭하며 퍼져 나가는 파장들의 궤도가 바로 이 시집에 수록된 시편들인 셈이다.

그것을 단적으로 느낄 수 있는 것이 바로 「뛰어드는 소년들」, 「여기」, 「영원한 가오리」, 「하얀 신랑」, 「델리케이트」, 「데이(They)」, 「다음과 같습니다」 등의 장시들이다. 위에 거론한 시는 한 편의 시이면서 동시에 여러 부분들을 소유하고 있다. 비록 같은 톤의 목소리를 유지하는 경우가 많음에도 불구하고, 위의 시들은 단락의 구분과 소재의 변형을 통해 다소 느슨한 형태의 통일감을 구성하고 있다. 그 속에 배치된 낱낱의 부분들은 비록 단락의 구별로 인해 다소의 거리감을 지니지만, 역설적이게도 그와 같은 거리감은 부분들이 서로 간의 의미가 공명할 수 있도록 해 주는 최소한의 공간을 발생시킨다. 가령 「데이(They)」라는 시를 경유하자면, 이 시에서 화자는 다음과 같이 이야기한다.

나의 장시 「데이」 속에 등장하는 데이는 총 일곱 명이었으며 그들 모두 다른 방식으로 죽었다. 이를테면 사형집행인의 방식으로. 사형수의 방식으로. 모피공장의 방식이나 양치류 군락의 방식으로. 다랑어의 방식으로. 물의 방식으로. 불의 방식으로. 그들을 다 해체하는 데에 백마흔다섯 개의 상상과 열두 개의 세계와 세 개의 차원 소모되었다. 신년 밤하늘 축포처럼 난분분하였다. 나로부터

팔 보 떨어진 자리에 앉아, 데이는 아직 시를 쓰는 중이었다. 목재펄프로 만든 도화지 위. 양모를 촘촘히 박아 넣은 붓을 휘두르고 있었다. 인간 사냥꾼의 눈이 빛났다. 코끝에 그늘의 차고 비릿한 냄새 감돌고. 데이는

어떤 「나」를 쓰고 있을까? 그 속에는 몇 개 몇 조각의 나들이 등장하며 그들의 사연 사인은 무얼까. 나는 물끄러미 데이를 쳐다보았고. 꼴깍꼴깍 몇 방울의 공포를 삼켰다. 짜고 쓰고 시고 떫은 맛. 「찢어발기는 거야. 길들여. 갈겨.」 우리는

—「데이(They)」 부분

자신의 시와 그것을 쓰는 과정을 시적 무대로 활용하고 있는 위의 시에서 화자는 자신의 장시 (아마도 본문에 수록된 것과는 다른, 그러나 존재하리라 가정되는 것으로서의) 「데이」에 대해 다음과 같이 설명한다. "나의 장시 「데이」 속에 등장하는 데이는 총 일곱 명이었으며 그들 모두 다른 방식으로 죽었다. 이를테면 사형집행인의 방식으로. 사형수의 방식으로. 모피공장의 방식이나 양치류 군락의 방식으로. 다랑어의 방식으로. 물의 방식으로. 불의 방식으로. 그들을 다 해체하는 데에 백마흔다섯 개의 상상과 열두 개의 세계와 세 개의 차원 소모되었다." 여기에서 화자는 "소모되었다"라는 술어를 통해 죽음을 감당하기 위한 제스처에 우리의 눈길을 집중시키는데, 그것은 흡사 그 죽음을 감당하기 위해 필요한 에너지의 총량의 부피를 보여 주는 것처럼 느껴진다. 그것은 모두 '죽음'이라는 동일한 테제 안에서 셈해지는 것이지만, 시 속에 표현된 개별적인 죽음의 양태가 보여 주듯 이것은 모두 개별적인 사건이다. 따라서 여기에서 죽음을 감당하기 위해 소모된 에너지의 양이 크게 느껴지는 것은, 죽음이라는 동일한 셈법으로 묶인다 하여도 그 속에서 이 죽음들의 개별성이 사라지는 것이 아니라 오히려 서로 간에 공명하고 간섭하며 증폭된다는 사실을 우회적으로 말해 준다. 마치 「뛰어드는 소년들」에서 화자가 "죽음을 말함으로써 삶을 증명하는" 것이라 말했던 방식처럼 말이다. 그러므로 이와 같은 시 속에 등장하는 다른 단락의 이야기들은 하나의 제목 아래 느슨한 통일감을 가지며, 그 느슨함 속에서 서로 공명하고 간섭하며 새로운 파장을 그려 낸다. 그렇게 그려진 파장은 다시금 다른 시의 파장과 공명하며 더욱 기이한 형태의 파장으로 더욱 멀리까지 퍼져 나간다. 당연한 이야기겠지만, 그것은 단지 단락과 단락, 개별적인 시와 시 사이에서만 일어나는 것이 아니라 단어와 단어, 문장과 문장 사이에서도 일어나는 『싱크로나이즈드 스위밍』의 보편적인 현상이다. 다만 여기에서 강조하고 싶은 것은 그것이 내 안의 타자와의 불가능한 공생으로 비롯된, 사회적 존재로서의 '나'와 그 이면으로서의 "여기"의 기이한 실존을 위한 유일한 방식이라는 사실이다.

떠올려 보자면 「여기」라는 시편에서부터, '나'는 '내' 안의 타자인 "여기"와 거듭되는 불협화음을, 그러나 서로 공명하며 바로 이 시간에 이르게 되지 않았던가? 그리하여 불가능한 타자와의 관계 속에서 모든 불일치와 일그러짐의 파문으로 지금-여기 우리에게 당도하지 않았던가. 그렇게 생각해 보자면 『싱크로나이즈드 스위밍』에서 나타나는 시적 구조의 양상이란, 우리가 믿어 의심치 않던 조화로운 공생이라는 환상의 이면을 날카롭게 통찰해 낸 결과인 것은 아닐까. 우리가 예외로 생각하는 욕망의 지점에서부터 출발한, 실존을 위한 손짓이 다만 슬프게만 느껴지지 않는 까닭이 바로 여기에 있다.

이것은 다만 자신의 욕구를 요구하는 것에 실패한 존재

의 웅얼거림도, 자신의 욕망을 성취하는 것에 실패해 추락하는 존재의 파멸극도 아니다. 이것은 불가능한, 허락되지 않은, 지속할 수 없는, 그러나 그것이 바로 '나'라는 한 인간 개인의 인격을 구성하는 가장 중요한 토대임을 증명하고 실천하는 존재의 실존을 위한 사투이다. 타협하지 않는, 그렇기에 거듭 불화할 수밖에 없는, 그러나 그 불화의 과정이 만들어 낸 파문이 마침내 호수에 닿을 때, 우리는 그것을 예술로서 감각한다. 다만 개인적인 것으로 느껴질 수 있는 일인칭 화자의 목소리가 우리에게 단지 일인칭의 서사로 읽히지 않는 까닭도 그와 동일하다. 이것은 한 개인의 이야기이면서, 동시에 모든 개인이 경험하는 상징계의 필연적인 비극이다. 자신의 삶을 고유한 목소리로 발음하기 위해 부정확한 발음과 불안에 떠는 목소리로 더듬더듬 시작해 나가길 선택한 자의 모습이다. '멈블링'에서 시작해 '멈블링'으로 끝나는, 그러나 결코 단순한 중얼거림이라 폄하할 수 없는 그것이 바로 예술이 태어나는 자리이다.

*Queen의 앨범 『Innuendo』의 마지막 수록곡. 1991년 10월 14일 발표된 이 곡은 프레디 머큐리 생전 최후의 싱글로, 다음과 같은 가사를 담고 있다. "On and on, does anybody know what we are looking for⋯. Another hero, another mindless crime. Behind the curtain, in the pantomime. Hold the line, does anybody want to take it anymore."